UN NUAGE EST PASSÉ

Pierrette Champon - Chirac

UN NUAGE EST PASSÉ

Roman

Toute ressemblance avec des personnes ayant existé ne serait que pur hasard.

© 2024 Pierrette Champon - Chirac

Édition : BoD • Books on Demand GmbH, In de Tarpen 42,

22848 Norderstedt (Allemagne)

Impression : Libri Plureos GmbH, Friedensallee 273, 22763

Hamburg (Allemagne)

ISBN : 978-2-3225-5454-6

Dépôt légal : août 2024

Chapitre 1
Retour au pays

Par une belle matinée d'août, le long-courrier en provenance d'Abidjan atterrit en douceur sur la piste de l'aéroport Toulouse-Blagnac. Les passagers, les yeux encore alourdis de sommeil, descendent lentement par la passerelle, en proie à la fatigue d'un vol long et éprouvant. Parmi eux, Jess adresse un pâle sourire aux hôtesses qui, avec une cordialité professionnelle, leur souhaitent un bon séjour. Sachant que personne ne l'attend, elle ne ressent donc aucune hâte et avance à son propre rythme.

Derrière les vastes portes vitrées de l'aéroport, une marée humaine de parents et d'amis s'agite frénétiquement à l'arrivée des passagers. Jess se faufile discrètement à travers ce tumulte de retrouvailles émouvantes, cherchant la sortie avec une certaine précipitation parmi les embrassades chaleureuses et les éclats de joie. Elle est probablement la seule à ne pas être attendue, une silhouette solitaire dans cette marée d'affection. Lorsqu'elle émerge enfin au-dehors, elle aspire une grande bouffée d'air frais en posant les pieds sur le sol d'Occitanie, sans le moindre regret pour le pays qu'elle vient de quitter.

Les taxis sont alignés, prêts à accueillir les clients. Elle se dirige vers le premier de la file et murmure sa destination à l'oreille du chauffeur, qui hoche la tête en signe d'assentiment, visiblement alléché par la perspective d'une longue course lucrative. Le coffre se referme sur ses valises et le taxi démarre doucement. Jess frissonne dans ses vêtements de coton léger. Le soleil, à peine visible derrière un voile de pollution, évoque l'atmosphère moite et étouffante des tropiques, mais sans la chaleur suffocante.

Elle observe distraitement l'agglomération qui se dévoile peu à peu à travers la vitre du taxi, tandis que celui-ci s'engage sur le périphérique où les voitures filent à toute allure, défiant les limitations de vitesse. Le silence de sa passagère inquiète le chauffeur, qui jette des coups d'œil furtifs dans le rétroviseur pour s'assurer qu'elle ne manque de rien. Sur ses genoux, un petit chien dort paisiblement, indifférent à l'agitation du monde extérieur.

Un bâillement discret trahit la fatigue de Jess, suggérant qu'elle ne va pas tarder à sombrer dans le sommeil. Effectivement, sa tête s'alourdit et finit par tomber doucement sur son épaule, l'entraînant dans un profond endormissement sur le siège moelleux et confortable du taxi, qui lui offre l'illusion réconfortante d'un salon accueillant.

Au bout d'une heure d'autoroute rectiligne, les mouvements irréguliers du véhicule la réveillent. Son subconscient l'avertit doucement qu'elle approche de sa destination. En effet, après avoir dépassé Albi, le taxi emprunte une nationale sinueuse. Les virages serrés et en enfilade la font osciller d'un côté à l'autre. Elle ouvre les yeux.

Loin de l'agitation de la ville bruyante et de l'air pollué, s'étend à l'infini une région où la palette du peintre semble moins riche que les couleurs offertes par ce décor champêtre. Les tons de roux dominent l'automne précoce : l'ocre des platanes, le rouge des vignes sur les coteaux, le jaune des champs après la moisson et le brun de la terre fraîchement retournée, le vert pâle des jeunes pousses de blé, toutes ces couleurs se mêlent harmonieusement en offrant un spectacle apaisant et serein qui éloigne Jess de ses pensées moroses. Elle imagine le paysage changeant avec les saisons : blanc de neige l'hiver, reverdissant au printemps avec les talus pavoisés de boutons d'or, de coucous, de primevères et de marguerites sauvages, tandis que les coquelicots déroulent leur tapis rouge au milieu des bleuets. Le chauffeur, notant son éveil, lui dit avec un sourire :

– Vous voilà réveillée !

– Oui, le voyage de nuit m'avait épuisée, répond-elle en étirant les bras.

Il lui fait remarquer :

– Ah ! Quelle différence avec le Plat Pays où, sur des kilomètres, aucun monticule, aucun arbre ne vient briser l'étendue parfaitement nivelée.

– Vous êtes Ch'ti ? Cela doit vous faire un sacré changement.

– Oui, et j'ai du mal à m'habituer, admet-il. Et vous ? D'où venez-vous exactement ?

Elle prend un moment pour répondre, son regard perdu dans le paysage qui défile.

– J'ai vécu plusieurs années en Afrique, loin de ces contrées. Le retour est à la fois un choc et une redécouverte.

Le chauffeur acquiesce, comprenant le mélange de nostalgie et de renouveau qui transparaît dans sa voix. Tandis que le taxi continue sa route, elle se plonge à nouveau dans la contemplation de cette nature luxuriante, savourant chaque instant de ce retour aux sources.

– Je suis native de cette région que j'ai quittée il y a quelques années pour la Côte d'Ivoire où j'étais professeure de français. J'avais imaginé passer ma retraite sous le soleil africain, mais des événements récents ont bouleversé mes plans.

– Ah ! Y avait-il des troubles dont la télé ne nous aurait pas informés ? demande le chauffeur avec un intérêt sincère.

– Non, rien de plus que d'habitude. Je rentre pour des raisons personnelles que je préfère ne pas évoquer. Je vais regretter énormément mes amis ivoiriens, mais je dois tourner la page à présent, répond-elle avec un soupir.

Le chauffeur, respectueux de son silence, ne pose pas davantage de questions. Tandis que Jess repense à ce pays lointain où elle a laissé l'homme avec qui elle aurait dû partager ses derniers jours. Pour échapper à la douleur de cette séparation, elle se plonge dans l'observation du paysage qui défile. Une myriade de chemins serpente à travers ce tableau champêtre, traçant un réseau complexe semblable à des veinules sous la peau. Les haies, plantées par les ancêtres, demeurent vivaces et quadrillent les champs aux formes géométriques. Les ruisseaux ont creusé de profondes vallées, offrant au paysage une diversité captivante. Cette région, propice aux randonnées, attire les amateurs de dénivelés, qu'ils soient marcheurs ou cyclistes. Elle murmure, presque pour elle-même :

– Comment ai-je pu vivre loin de ce paradis aussi longtemps ? Ce que j'avais imaginé était bien loin de la réalité.

– Oui, la campagne est belle, malheureusement je vis dans la banlieue de Toulouse, répond le chauffeur avec une pointe de regret.

Elle lui lance un regard de compassion dans le rétroviseur. Le contraste entre la sérénité de la campagne et la frénésie de la vie urbaine n'a jamais été aussi visible. Sur la route sinueuse, elle se laisse envelopper par la douceur de ce retour aux sources, déterminée à reconstruire sa vie sur ces terres familières, où chaque tournant du chemin réserve une nouvelle surprise, un nouveau souffle de beauté. Songeuse, elle ne peut s'empêcher de penser : que la France est belle ! Il semblerait qu'elle découvre la région pour la première fois. Quel bonheur de pouvoir y terminer ses jours ! Le chauffeur interrompt ses pensées :

– Vous avez de la famille ? interroge-t-il.

– Je vais retrouver ma fille. Elle aurait voulu partir pour des missions humanitaires dans les pays émergents, mais l'occasion ne s'est pas présentée. Alors, elle s'est établie dans la région où le manque de dentistes se fait cruellement sentir. Autant soigner ses compatriotes que les populations du Tiers Monde. Tant pis pour le dépaysement qu'elle peut trouver lors d'un séjour pendant les congés !

Le chauffeur acquiesce, un sourire compatissant sur les lèvres :

– Oui, bientôt nous nous ferons soigner par les vétérinaires, plus nombreux que les médecins ! Bienheureux animaux !

Elle hoche la tête, réfléchissant à cette vérité amère. Les défis de la ruralité, tout en étant bien différents de ceux qu'elle a connus en Afrique, sont tout aussi réels. Pourtant, elle sent en elle une force nouvelle, une détermination à contribuer à cette communauté, à retrouver un sens de chez soi dans les racines profondes de sa terre natale. Elle se laisse envelopper par la douceur de ce retour aux sources, résolue à reconstruire sa vie dans cet écrin de verdure et de tranquillité.

Les battements de son cœur s'accélèrent au fur et à mesure qu'approche le but de son voyage, la destination tant espérée se profile à l'horizon. Après des kilomètres de campagne verdoyante et désertique, l'agglomération se profile, telle une oasis où le voyageur fatigué trouvera le réconfort tant attendu. Elle se surprend à murmurer : « Comme elle s'est étendue durant mon absence ! »

Le taxi s'engage dans les premières rues, serpentant entre les maisons de pierres aux volets colorés et les jardins soigneusement entretenus où les fleurs rivalisent de couleurs éclatantes. Les souvenirs affluent, se mêlant aux images présentes. À l'église, les matines sonnent, résonnant dans l'air frais du matin, ajoutant une touche de mélancolie à ce retour. Elle réalise combien cette terre, avec ses paysages variés et sa riche histoire, fait partie d'elle.

Devant une maison familière, Jess prend une profonde inspiration, prête à embrasser ce nouveau chapitre de sa vie.

La maison, entourée d'une haie soigneusement taillée, symbole de l'ordre et de la tranquillité de ce quartier résidentiel, la rassure. Jadis, ces lieux étaient occupés par des champs verdoyants où paissaient des chevaux en liberté. Aujourd'hui, une place harmonieusement végétalisée s'étend derrière le bureau de Poste.

Elle descend du taxi avec un soupir de soulagement après ce long voyage. Elle règle la course, les valises à ses pieds, puis se dirige vers la grille de l'entrée. Avec un mélange d'appréhension et d'excitation, elle appuie sur la sonnette. Aussitôt, une silhouette svelte apparaît sur la terrasse. C'est Charlotte, sa fille, qui s'empresse de venir ouvrir la porte. Elles ne se sont pas vues depuis trois ans et ce moment de retrouvailles est empreint d'émotion lisible dans leurs yeux. Elles se dévisagent longuement, cherchant à retrouver dans les traits de l'autre des souvenirs familiers et des changements subtils.

Charlotte remarque que sa mère est toujours la même. Sa chevelure abondante tombe toujours sur ses épaules et ses yeux bleu-vert, légèrement maquillés, conservent cette lueur vive qui les caractérise. Elle a pris un peu de poids, sans alourdir sa silhouette.

De son côté, Jess trouve sa fille amaigrie, mais toujours aussi belle. De taille moyenne, cheveux auburn et yeux verts, Charlotte semble avoir gagné en maturité et en grâce.

– Bonjour, Maman, as-tu fait bon voyage ? demande-t-elle en souriant, avant de déposer trois bises sur les joues de sa mère, une nouvelle habitude qui semble s'être installée récemment.

– Après un voyage de nuit éreintant, je suis heureuse d'être enfin arrivée, répond Jess avec un sourire fatigué.

– Veux-tu faire le tour du jardin ? Tu verras que rien n'a vraiment changé, propose Charlotte, une pointe de fierté dans la voix.

Jess hoche la tête, prête à redécouvrir ce lieu, teinté de nostalgie et de nouveaux souvenirs à construire. Ensemble, elles franchissent le seuil de la propriété, prêtes à renouer les liens et à partager les histoires accumulées pendant ces années de séparation.

Le lierre et la vigne vierge ont envahi les façades de la maison, lui conférant un caractère rustique et enchanteur. Le vert luxuriant du lierre se mêle harmonieusement au rouge vif des feuilles de la vigne vierge, créant une mosaïque naturelle qui évoque une peinture vivante. Jess, émue, se souvient des bougainvilliers flamboyants qui entouraient sa demeure africaine et des lianes rampantes qui couraient sur le toit de tôle pour atténuer l'ardeur du soleil, des lianes qui servaient aussi d'abri aux rats et aux reptiles, dont elle entendait les mouvements furtifs lorsque tombait la nuit, ajoutant une touche d'aventure à ses souvenirs.

Dans le parc, les arbres poussent librement, sans contrainte ni taille régulière. Les érables, d'une taille démesurée, étendent leurs branches robustes jusqu'à toucher le toit, formant une voûte impénétrable aux rayons du soleil. Des arbres fruitiers cohabitent avec un majestueux sapin, un tilleul et un noyer au feuillage dense. Le pommier et le poirier, alourdis par le poids des fruits, courbent leurs branches vers le sol, comme une offrande de la nature.

– Malgré leur aspect peu engageant et leur peau tachée, les poires ont une saveur incomparable, bien plus sucrées que celles du supermarché, explique

Charlotte. Tu pourras en faire des compotes, ce serait dommage de ne pas en profiter.

Jess sourit, transportée par les souvenirs.

– Te souviens-tu des mangues suspendues par leur queue, ainsi que des rats morts et des papayes qui tombaient en bouillie sur le sol lorsqu'elles étaient mûres ?

– Oui, il valait mieux ne pas se trouver sous le papayer ! répond Charlotte en riant.

– La table en pierre et le banc sous le sapin seront un coin agréable pour la lecture. L'espace feuillu et sauvage me rappellera l'Afrique.

Au passage, elles dérangent les mésanges, pinsons et merles cachés dans les branches. Les oiseaux, perturbés par l'arrivée des intruses, cessent leurs chants mélodieux, se fondant dans le silence du jardin.

– Rentrons, propose Charlotte.

Elles montent les cinq marches qui mènent à la terrasse. Les rampes de l'escalier sont ornées de pots de géraniums suspendus, éclatants de couleurs blanches, rouges et roses.

– Tu prendras tes repas dehors aux beaux jours, dit sa fille avec enthousiasme.

Elles entrent dans le couloir. À gauche, la cuisine embaume encore légèrement les épices et les herbes. À droite, un salon accueillant. Au fond du couloir, la chambre principale. À l'autre bout, un petit salon avec une bibliothèque bien garnie, la salle de bain et la chambre de Charlotte.

– C'est parfait, je sens que je vais me plaire ici, déclare-t-elle avec un sourire radieux.

Charlotte n'ose pas aborder le sujet pénible de son retour précipité, ni du motif de l'absence de son père. L'ombre de ces souvenirs semble trop lourde à évoquer. Elle est ravie de savoir sa mère près d'elle, mais une pointe d'inquiétude l'amène à faire une remarque qui lui échappe :

– Est-ce que le boy ne te manquera pas pour faire le ménage ?

Jess, étonnée, lui répond :

– Absolument pas, je me débrouillerai toute seule. Là-bas, j'employais un boy dans un but humanitaire, pour lui donner un travail, un salaire, pour qu'il puisse nourrir sa nombreuse famille. Sinon, je me serais aisément passée de sa présence.

Charlotte acquiesce, un peu rassurée, mais change rapidement de sujet pour alléger l'atmosphère.

– Il est midi, je t'emmène au restaurant.

Au restaurant, elle est fière de présenter sa mère aux consommateurs déjà attablés, comme si elle voulait marquer le début d'une nouvelle ère et lui annonce :

– Pour te remettre dans le bain, je commande un menu régional composé d'une salade de gésiers de canard, une cuisse de canard confite accompagnée d'aligot et pour le dessert du gâteau à la broche.

Jess éclate de rire, amusée par l'exubérance culinaire.

– C'est la totale pour ma ligne ! s'exclame-t-elle.

– Tu peux faire une exception pour le jour de ton arrivée.

Le repas est un délice, une explosion de saveurs qui ramène Jess à des plaisirs plus simples et terrestres. Après avoir dégusté chaque bouchée, elles se sentent repues et satisfaites. En raccompagnant sa mère chez elle, Charlotte lui rappelle doucement :

– Tu dois avoir besoin de te reposer. Je te laisse, tu trouveras le frigo plein pour plusieurs jours. S'il te manque quelque chose, appelle-moi. Je dois rejoindre les patients qui m'attendent au cabinet.

– C'est bon, ne t'occupe pas de moi.

– Au fait, tu peux laisser courir ton chien dans le jardin bien clôturé, il ne risque pas de s'échapper, dit-elle avant de partir.

Une sieste s'impose après un voyage long et fatigant, ponctué par les turbulences qui ont secoué les passagers comme du linge dans une machine à laver à l'essorage. Le lit confortable de la chambre bleue accueille Jess, qui n'attendait que cette minute pour s'étaler de tout son long, les bras en croix. « Que c'est bon de respirer le linge qui sent la lavande ! » Elle cherche des yeux la moustiquaire et le climatiseur par réflexe, mais elle n'est plus en Afrique.

Elle ferme les yeux et laisse ses pensées dériver. Des souvenirs affluent : les soirées chaudes, le bourdonnement des insectes, les odeurs épicées de la cuisine locale et les premières nuits où elle découvrait le concert impressionnant des crapauds-buffles. Elle inspire profondément et s'endort le sourire aux lèvres.

Les heures passent, elle se réveille, reposée et rafraîchie. Une lumière douce inonde la chambre et elle se sent prête à embrasser cette nouvelle vie. L'Afrique est derrière elle, mais elle reste ancrée dans son cœur, comme une partie de son identité. Maintenant, elle est prête à écrire un nouveau chapitre de sa vie, sa fille à ses côtés, en cherchant l'oubli de son récent passé.

Les aboiements du chien la rappellent à l'ordre. « Déjà 17 heures ! Comme j'ai dormi longtemps ! » s'exclame-t-elle, stupéfaite par le passage du temps. Ralph, son fidèle compagnon à quatre pattes, accourt avec enthousiasme, réclamant une friandise. Dans le frigo, elle trouve du saucisson à l'ail, tant pis s'il doit compromettre momentanément son haleine.

Tandis qu'il se régale, elle se prépare un café qui devrait la tenir en éveil quelque temps. Elle découvre un tas de prospectus éparpillés sur la table du salon faisant la promotion de diverses associations locales et elle comprend rapidement pourquoi sa fille les a mis à sa disposition. L'éventail très large des activités la laisse perplexe, car rien ne manque ni sur les activités physiques ni sur les activités artistiques ou humanitaires.

Elle se réjouit de constater la présence d'une salle de cinéma et d'une médiathèque.

« Tiens ! Un club de séniors ! Voilà une occasion en or de rencontrer des personnes de mon âge ; je pourrai ainsi m'intégrer à la communauté locale. Je me verrais bien reprendre la belote le jeudi après-midi. Peut-être y retrouverais-je d'anciennes copines d'écoles ? » Elle se prend à rêver de nouvelles amitiés, de découvertes et de passions retrouvées dans ce coin de campagne qu'elle apprend peu à peu à redécouvrir, plein de promesses et de renouveau.

« Décidément, je ne devrais pas m'ennuyer ici. J'oublierai les parties de tennis, les parcours de golf et le farniente au bord de la piscine de l'hôtel », pense Jess, une lueur d'anticipation dans les yeux. Elle est convaincue que les associations sont le cœur battant de ce bourg. Leur vitalité repose sur l'engagement des bénévoles, dont la passion et l'énergie sont nourries par la présence et le soutien du public. Cette communauté vivante et soudée semble lui offrir une multitude de possibilités pour s'intégrer et s'épanouir.

Déterminée, elle relève soigneusement les numéros de téléphone des associations qu'elle souhaite rejoindre. La rentrée est proche, elle doit s'inscrire rapidement pour participer activement à la vie locale. La fin de la journée arrive à grands pas, et elle réalise qu'elle n'a pas encore déballé, ni rangé ses affaires. Elle s'y attelle avec énergie, range ses vêtements dans l'armoire et se familiarise avec ce nouvel environnement.

La fatigue accumulée au fil des jours s'empare finalement d'elle et elle se couche de bonne heure avec un sentiment de satisfaction. Pour la première fois depuis longtemps, les mauvais rêves qui hantaient ses dernières nuits s'effacent, chassés par la promesse de nouveaux commencements et d'aventures à venir. Le bourg lui ouvre ses bras, prêt à l'accueillir dans son quotidien vibrant et plein de vie.

Chapitre 2
Quelque temps plus tard

Jess s'est rapidement intégrée dans son nouvel environnement, grâce aux associations locales où elle a été bien accueillie. Pour oublier son passé, qui revient parfois au galop et pour ne pas sombrer dans la solitude causée par l'absence de l'être cher, elle s'est plongée dans de nombreuses activités et elle participe aux animations locales.

Le troisième dimanche de septembre arrive avec la grande brocante-vide-grenier, événement annuel qui prend place sur deux jours. Plus de 500 brocanteurs investissent les rues dès le vendredi soir, marquant leur emplacement et passant la nuit dans leur voiture ou sur un carton à même le sol, prêts à déballer leurs trésors à l'aube. Le samedi matin, sur près d'un kilomètre, les trottoirs débordent de stands de produits hétéroclites. Bien que ce ne soit pas encore la grande braderie de Lille, ce vide grenier gagne en popularité année après année.

Dès l'aube, les alentours de sa demeure sont animés par l'affluence des chalands. Jess s'est levée de bonne heure, pour arpenter les rues, en espérant dénicher un objet coup de cœur, sans but précis. Elle marche d'un pas vif, son regard averti scrutant chaque stand, tout en pensant avec amertume : « Comment les gens peuvent-ils étaler des objets qui ne méritent que la déchetterie ? Pensent-ils réellement trouver des pigeons pour acheter ces rebuts ? »

Ses pensées sont confirmées par la vue de poupées aux yeux borgnes, aux têtes échevelées et aux visages défigurés, qui tendent désespérément leurs bras de porcelaine ou de celluloïd. Leurs vêtements, salis, déchirés, décolorés, n'inspirent que le dégoût. Jadis, ces jouets ont fait la joie des fillettes, qui les berçaient tendrement en chantant « Dodo, l'enfant do ». Qui pourrait avoir envie de les acheter dans leur état actuel ? Pourtant, le vendeur, convaincu de posséder un trésor, espère en tirer un bon prix de la part d'un collectionneur.

Elle poursuit son chemin. Les stands se succèdent avec leurs diversités de produits qui ont fait des heureux repartant avec des sacs remplis de leurs acquisitions. Peut-être, au détour d'une allée, trouvera-t-elle un objet qui éveillera son désir ? Les trésors existent pour ceux qui savent chercher avec persévérance et elle n'est pas du genre à abandonner facilement.

Un vendeur expose une myriade d'ustensiles datant du siècle dernier : cafetières en métal émaillé, moulins à moudre le café, assiettes et fourchettes en aluminium, casseroles en fer-blanc. Mais le clou de l'étalage, l'objet le plus intriguant et le plus singulier, est sans conteste un vieux seau hygiénique d'un bleu azur, écaillé par endroits et dont le fond, percé de multiples trous par la rouille, pourrait servir de passoire ou de tamis. Pourquoi un tel objet, bon pour la décharge, se trouve-t-il ici ? Le vendeur espère-t-il trouver un acquéreur ? Qui pourrait bien vouloir acheter cela ? Peut-être un nostalgique d'une époque révolue ? Elle, essaie désespérément de lui trouver une utilité, envisageant même de le transformer en pot de fleurs.

Soudain, prise d'un fou rire nerveux, elle détourne les yeux de ce seau qui n'a plus rien d'hygiénique, mais qui trouverait aisément sa place dans un cabinet de curiosités. Son fou rire, loin de se calmer, la pousse à s'éloigner rapidement pour ne pas attirer la colère de l'exposant qui commence à s'agiter sur sa chaise. En effet, ce seau lui rappelle une histoire cocasse et véridique racontée par sa grand-mère.

Lors d'un voyage en train, un enfant de trois ans, assis sur la banquette en face d'elle, la tête bandée, inspire sa compassion. Au bout d'un certain temps, alors que les voyageurs ont fait plus ample connaissance, sa grand-mère se risque à demander à la maman de quoi souffre l'enfant. Gênée, celle-ci avoue que son fils s'est amusé à mettre son pot de chambre sur la tête et l'a enfoncé de telle manière que personne n'a pu le lui ôter. La mère ajoute alors :

-Nous allons à la ville pour voir un médecin, car nous n'avons pas d'autre solution.

Le bandage était destiné à cacher le pot de chambre.

C'est à cette histoire qu'elle pense en contemplant le seau hygiénique perforé. Elle se réfugie alors auprès d'un étalage d'assiettes dépareillées et sèche ses larmes, mais le rire la reprend face au vendeur, désormais à bout de nerfs.

-Ah ! Personne ne veut acheter ces assiettes à un euro pièce ! Eh bien ! Voilà ce que j'en fais ! En disant ces mots, il en jette une violemment à terre, éclatant en morceaux. Le fracas de l'assiette attire une femme dont les cheveux tombent en vagues sur les épaules.

– Attendez, crie-t-elle, laissez-moi ramasser les débris pour la mosaïque que j'ai commencée.

Stupéfait, le vendeur, qui ne perd pas le Nord, lui dit :

– Ça fera un euro pour les morceaux.

– Vous pouvez les garder, dit la femme en s'en allant. Il ne manquerait plus que je donne un euro pour des débris d'assiettes, ça ne va pas bien dans sa tête !

Le vendeur grommelle, prenant Jess à témoin :

– Si elle est fauchée, qu'elle rentre chez elle !

Plus loin, un étalage de vieux postes radio capture son attention. Autrefois, ces postes de radio, ou TSF, trônaient fièrement dans les foyers, où la fée électricité, d'un coup de baguette magique, avait apporté le confort. Leur présence imposante reflétait une époque où les composants, loin d'être miniaturisés, remplissaient tout un socle, lampes énormes, transformateurs et autres pièces. Le réglage délicat, l'œil magique, ce petit trèfle vert lumineux qui se stabilisait lorsque l'aiguille était sur la bonne longueur d'onde, autant de détails qu'elle n'a pas connus.

Peu à peu, ces postes ont évolué en forme et en matériau. Le bois a cédé sa place à la bakélite, les lignes sont devenues plus harmonieuses, les couleurs plus douces. Jess pense à tous ces moments où ce poste radio a été le joyau du foyer, rendant des services précieux pendant la Seconde Guerre mondiale en captant des messages codés malgré les interférences et les brouillages de l'ennemi. Si seulement ils pouvaient raconter tout ce qu'ils ont diffusé...

Puis, elle s'arrête devant une paire de sabots, façonnés de manière artisanale, non identiques, mais chacun portant une bride en cuir sur le dessus. Elle laisse son imagination voyager à travers le temps, jusqu'à une époque où l'homme utilisait les matériaux offerts par la nature pour créer des objets utilitaires à bon marché. Ces sabots, peut-être de hêtre, de bouleau ou de peuplier, évoquent l'image du bûcheron abattant l'arbre, le tronçonnant et enlevant l'écorce à l'aide d'une herminette. Puis, le sabotier qui découpe deux morceaux de bois identiques avec une scie, avant de tailler et creuser chaque pièce pour leur donner une forme de sabots à l'aide de vrille et de cuillère tranchante. Après avoir gommé les aspérités, il les faisait sécher, accomplissant ainsi un travail méticuleux et ancestral. Ses sabots étaient des produits offerts par la nature qu'on savait exploiter alors.

Mais au-delà de leur fabrication, elle se demande quelles personnes les ont portés, quelles histoires ont-ils traversées, quelles terres ont-ils foulées...

Cette scène réveille en elle une profonde nostalgie pour des temps révolus, où chaque objet, qu'il soit poste de radio ou paire de sabots, raconte une part de l'histoire humaine, une histoire faite de travail, de savoir-faire et de traditions transmises de génération en génération.

Tout à coup, elle revient à la réalité par l'interrogation de l'exposant :

– Alors, que décidez-vous pour ces sabots ? Je vous les laisse pour 10 €.

Après un moment de réflexion, elle acquiesce :

– Finalement, je vais les prendre.

Le marché conclu, la paire de sabots trouve désormais sa place dans son sac.

« Ils iront parfaitement près de la cheminée », se dit-elle avec une pointe d'amusement.

Chapitre 3

Le masque

Parfois, au détour d'une allée, un visage familier apparaît, et quelques mots échangés viennent retarder sa prospection. En général, ses connaissances n'apprécient guère d'être surprises en train d'acheter des peccadilles. Continuant sa promenade, elle croise des enfants, missionnés par leurs parents pour vendre leurs jouets et qui essayent de l'attendrir.

– Voulez-vous m'acheter ce jeu de l'oie ? Il est tout neuf !

– Non merci, j'ai passé l'âge de jouer, répond-elle avec un sourire aimable adressé aux enfants qui manifestent leur mécontentement.

Un peu plus loin, une fillette propose des vêtements de bébé à un euro. Le prix est raisonnable, certes, mais qui pourrait bien les lui acheter ? Ils sont usés, de couleur délavée et leur aspect témoigne d'une vie déjà bien remplie. Les commerçants locaux occupent leur pas de porte, profitant de l'occasion pour vider leurs greniers et se débarrasser de produits invendus. « Je pourrais faire comme eux, pense-t-elle. Mais je préfère garder mes bibelots, pour ce qu'ils représentent.

Chacun évoque des souvenirs, chacun me raconte une histoire, je ne voudrais pas m'en séparer, ils font partie de moi. »

Enfin, son regard est attiré par un étal rempli de livres. Avec un enthousiasme renouvelé, elle se met à fouiller parmi les volumes exposés, cherchant désespérément un Balzac, un Zola, ou un Jean Roncenelle.

– Avez-vous des livres de Boileau et Narcejac ? demande-t-elle, pleine d'espoir.

– Je n'ai jamais entendu parler de ces types, répond le vendeur bourru. Cherchez bien et vous en trouverez peut-être ailleurs.

Déçue, mais déterminée, elle continue sa quête. Chaque livre qu'elle feuillette est une promesse d'évasion, un potentiel de trésor littéraire. Elle s'imagine déjà plongée dans l'une de ces histoires, transportée dans un autre monde, loin de l'agitation de la foire.

Sa promenade se poursuit, entrecoupée de découvertes et de petites déceptions. Elle se sent envoûtée par l'ambiance de ce marché, mélange de nostalgie du passé et de quête de nouveauté. Chaque rencontre, chaque objet raconte une part de vie, une histoire unique que ce lieu éphémère rassemble en une mosaïque de destins croisés.

Le stand des bénévoles du Secours Catholique mérite incontestablement un arrêt. On y trouve des objets en bon état qui, loin de mériter la poubelle, sont des achats valables et utiles : torchons, serviettes et bien d'autres trésors. C'est ce qui attire Jess, ravie de se faire plaisir tout en accomplissant une bonne action. Cependant, les vendeurs confessent que des personnes sans scrupules profitent de leur altruisme pour se débarrasser d'objets mutilés et hors d'usage, les utilisant comme une alternative à la décharge.

Un peu plus loin, au cœur d'un fouillis inextricable, un objet exerce une certaine fascination sur Jess. Il s'agit d'un masque africain, à peine visible dans ce capharnaüm. Elle s'approche pour mieux l'observer, s'accroupissant pour l'examiner de plus près. Le masque repose sur un morceau de sac de jute, entre une passoire branlante et une cafetière en émail au prix démesuré. Cet objet insolite venu d'Afrique n'a pas échappé à son œil expert. Nullement mis en valeur, le vendeur n'espérait sans doute pas lui trouver d'acquéreur, pourtant, elle se sent irrésistiblement attirée par ce masque, comme par un aimant.

Dès qu'elle le prend dans ses mains, une émotion intense s'empare d'elle. Un frisson la parcourt, lui donnant la chair de poule. Aussitôt, des images du pays où elle a vécu tant d'années heureuses lui reviennent en mémoire : les forêts denses et inextricables, les villageois dansant autour d'un feu, les femmes vêtues de pagnes multicolores, ses élèves… Elle qui croyait avoir tout oublié, se retrouve soudain plongée dans un passé toujours vivant en elle. En cet instant, le masque ne représente plus seulement un simple objet exotique. Il devient une véritable madeleine de Proust, le pont entre son présent et son passé, une réminiscence émotive et colorée de son ancienne vie. Jess, les yeux brillants de souvenirs, ressent un profond attachement pour cet objet chargé d'histoire et de nostalgie.

Le vendeur, assis en tailleur sur le sol, affiche une allure nonchalante. Sa barbe d'une longueur impressionnante et ses cheveux gris attachés en queue de cheval lui donnent un air bohème. Il fume sa cigarette sans hâte, comme si le commerce ne l'intéressait guère. On pourrait croire qu'il se trouve là par obligation plus que par choix.

– Combien pour le masque ? demande-t-elle, intéressée.

Le vendeur daigne sortir de son indifférence. Sans même lever les yeux vers elle, il écrase son mégot sous une botte ornée d'un éperon et répond d'une voix lasse :

– 10 euros, c'est pour m'en débarrasser.

– D'accord, je le prends pour 8, rétorque Jess avec assurance.

L'habitude africaine du marchandage ne l'a pas quittée et le vendeur, visiblement peu enclin à discuter, accepte la diminution du prix sans objection.

– De quel pays vient ce masque ? s'enquiert-elle, espérant obtenir un peu d'histoire sur cet objet captivant.

– Je ne suis pas là pour faire l'historique des objets que je vends, réplique l'homme, agacé. Vous avez eu ce que vous vouliez, à présent bon vent !

Il est peu aimable avec les clients, constate Jess tandis qu'elle glisse le masque dans son sac aux côtés des sabots. En s'éloignant, elle ne peut s'empêcher de penser à l'énigme que représente cet objet, à l'histoire et aux mystères qu'il doit renfermer. Peu importe l'attitude du vendeur, ce masque est désormais son trésor, une pièce de son passé qu'elle ramène chez elle, une relique de souvenirs qu'elle chérira longtemps.

À présent, elle regrette de ne pas avoir ramené de Côte d'Ivoire des objets authentiques qui auraient trouvé une place de choix dans sa maison. Elle est partie avec trop de précipitation, emportant avec elle une amertume contre ce pays qui lui a pris Fred.

Brusquement, un passant la bouscule en disant : « Pardon, veuillez m'excuser », et les images s'effacent soudain, la ramenant à la réalité parmi les brocanteurs. Satisfaite de ses deux achats, elle rentre chez elle en serrant ses trésors contre elle. Elle franchit les quelques marches menant à l'entrée, impatiente de contempler ses trouvailles de plus près. D'abord, il convient de les dépoussiérer pour leur rendre leur beauté originelle. Un bon coup de chiffon n'est pas un luxe !

Ses mains se posent sur le masque en bois d'ébène noir, lisse et veiné, une espèce végétale menacée d'extinction. C'est le bois le plus lourd du monde. L'ébène est un symbole de pouvoir, de pureté, d'équilibre et de protection pour les Africains. Ils croient que cet arbre particulier amplifie l'énergie magnétique. Les yeux en amande sont marqués par deux fentes qui laissent passer les rayons de soleil lorsqu'elle le soulève pour l'exposer à la lumière. La bouche aux lèvres pulpeuses, le nez droit et fin, les pommettes hautes, confèrent au masque un air énigmatique. Ces traits lui rappellent l'Ivoirien qui lui avait offert son amitié et sa protection. En caressant le masque, elle se remémore les histoires qu'il lui racontait, les légendes de son peuple et les traditions qui faisaient vibrer la vie dans les villages. Elle repense aux fêtes colorées, aux chants et aux danses qui rythmaient les nuits ivoiriennes et une douce nostalgie l'envahit. Ce masque, au-delà de sa beauté artistique, est un lien avec un passé cher à son cœur. Elle décide de lui trouver une place d'honneur dans son salon où il pourra attirer les regards et susciter des questions. Ce sera pour elle l'occasion de partager ses souvenirs et de garder vivante la mémoire d'une période de sa vie.

Les sabots, bien astiqués, trouvent aisément leur place au pied de la cheminée.

Épuisée par sa longue pérégrination parmi les brocanteurs, elle décide de se reposer sur le divan du salon durant l'après-midi en compagnie de l'album « Tintin au Congo » qu'elle a retrouvé avec joie dans la bibliothèque, très précieux pour les souvenirs qu'il réveille.

Chapitre 4
L'album de Tintin a disparu

Puis, la nuit est tombée, enveloppant le bourg d'un voile de silence. Les brocanteurs, fidèles à la routine, campent à côté de leurs véhicules, prêts à veiller toute la nuit pour protéger des étalages précaires.

« Qui serait assez sot pour dérober des objets de si peu de valeur ? » pense Jess en fermant les volets de sa chambre. Elle admire pourtant le courage de ces vendeurs, prêts à affronter une nuit inconfortable dans l'espoir de gagner quelques euros au petit matin.

Au salon, elle parcourt les chaînes de télévision sans trouver un programme capable de retenir son attention. Les images défilent sans éveiller son intérêt, chaque émission lui semblant plus banale et insipide que la précédente. Finalement, fatiguée et lasse, elle décide d'aller se coucher. Elle se glisse sous les couvertures, cherchant le réconfort du sommeil, espérant que ce dernier l'emportera rapidement loin de l'ennui de sa soirée.

La présence rassurante du petit chien, blotti à ses pieds, la tranquillise. Le silence règne dans la maison, créant une atmosphère paisible et sécurisante. Tout est calme au-dehors, le quartier semble plongé dans un sommeil profond. Cependant, au milieu de la nuit, un bruit imperceptible l'éveille, semblable au grincement que ferait la porte du jardin qu'on ouvrirait avec une infinie précaution. Le chien pourtant si vigilant n'a pas bronché ; n'a-t-il rien entendu ? Jess retient sa respiration, tous ses sens en alerte. Peut-être connaît-il l'intrus ou peut-être a-t-elle entendu ce bruit dans son rêve ?

Immobile dans ses draps, elle laisse courir son imagination. « Sont-ce les brocanteurs ? L'un d'eux aurait-il osé pénétrer dans son jardin, attiré par quelque mystère caché ? Ou pour prendre de l'eau au robinet près de la porte ? Peut-être la vieille cabane du fond où s'entassent les outils de jardinage, a-t-elle éveillé leur curiosité ? » Elle tremble, son souffle se faisant rare et discret. « Ne fais aucun bruit, se dit-elle, ne révèle pas ta présence si ce sont des bandits dangereux. »

L'idée de se lever, d'allumer la lumière et de crier « Qui est là ? » traverse son esprit, mais ses jambes semblent paralysées par la peur. Chaque seconde qui passe lui paraît une éternité. Pourtant, l'attitude détendue de son chien finit par la calmer. S'il ne réagit pas, c'est qu'il n'y a probablement rien de menaçant. Elle tente de rationaliser la situation, de se convaincre que ce n'était rien d'autre qu'un son anodin, peut-être même le vent jouant avec les vieux gonds de la porte.

La peur s'apaise doucement, remplacée par la curiosité qui la pousse à sortir du lit et à ouvrir les volets. Dehors, la pleine lune répand sa lumière argentée sur le jardin, créant une atmosphère à la fois envoûtante et inquiétante. Les ombres des arbres dansent sur le sol, semblant donner vie à des formes étranges. Cette clarté glaciale, à laquelle elle n'est pas accoutumée, semble pénétrer jusqu'à ses os. Elle referme les volets, mais un rayon rebelle, obstiné, s'infiltre à travers les fentes, jetant une lueur dérangeante dans la chambre. Agacée, elle tire le lourd rideau vert pour le masquer puis se recouche.

La nuit reprend son calme habituel et elle ferme les yeux, espérant que le sommeil viendra finalement la délivrer de ses angoisses. Mais au lieu de sombrer dans l'inconscience, son esprit, désormais éveillé, échafaude des tas de solutions.

« Et si c'était tout simplement ma fille, rentrée tard après une soirée avec des amis ? Elle n'aura pas voulu me réveiller, elle doit être dans sa chambre. Et si j'allais vérifier ? »

Cette idée la rassure et lui semble la plus logique. Voilà pourquoi son chien n'a pas aboyé. Pourtant, l'inquiétude la retient encore un instant. Elle se remémore la dernière conversation avec sa fille, essayant de se souvenir si elle avait mentionné sortir ce soir-là. Incapable de rester dans l'incertitude plus longtemps, Jess se décide finalement à se lever.

Elle enfile son peignoir, glisse ses pieds dans ses babouches et sort silencieusement de sa chambre. Chaque pas semble résonner dans le silence de la maison. Elle s'approche de la porte de la chambre de

Charlotte, tend l'oreille pour percevoir un signe de sa présence. Après une brève hésitation, elle tourne doucement la poignée et entrouvre la porte.

À sa grande surprise, la chambre est vide. Le lit est impeccablement fait, et aucun signe ne suggère que sa fille soit rentrée. Un frisson la parcourt alors que la réalité s'impose à elle. Elle referme doucement la porte et retourne dans le couloir, ses pensées tourbillonnant dans l'inconnu.

De retour dans sa chambre, elle se glisse de nouveau sous les couvertures, cherchant désespérément la chaleur et le réconfort qu'elle y trouvait plus tôt. Elle regarde son chien, toujours endormi et serein. S'il ne s'inquiète pas, elle essaie de se convaincre qu'elle ne le devrait pas non plus. Mais la nuit est longue et son esprit peine à trouver le repos, hanté par des bruits et des pensées qu'elle ne parvient pas à chasser.

Après une nuit d'un sommeil agité, le dimanche matin, elle n'a plus envie de parcourir la brocante où elle avait eu la chance de trouver des trésors la veille : la paire de sabots et le masque africain. La veille, elle était ravie par ces trouvailles inattendues, mais ce matin, un sentiment de lassitude l'envahit. Elle ressent le besoin de se détendre, loin de l'agitation du marché aux puces.

« Il fera bon sur la terrasse pour prendre le petit-déjeuner en terminant la lecture de « Tintin au Congo », se dit-elle en soupirant. Ce livre, qu'elle chérit tant, a toujours eu une place spéciale dans son cœur. En se dirigeant vers le divan du salon où elle l'avait laissé, elle se rappelle avec tendresse les souvenirs d'enfance qu'il éveille en elle. Ce second album d'Hergé est pour elle bien plus qu'une simple bande dessinée ; il représente une époque où elle apprenait à lire, où chaque page tournée était une porte ouverte sur le monde fascinant de l'Afrique.

Elle se souvient avec émotion de la découverte de ce continent à travers les images d'animaux étranges, la girafe, le buffle, le boa, le singe, le léopard et les crocodiles, des créatures exotiques qu'elle avait fini par voir en vrai lors d'une visite au Jardin des Plantes à Paris. Ce pays envoûtant avait marqué son imagination d'enfant, la poussant plus tard à réaliser son rêve de découvrir l'Afrique par elle-même et d'y passer une partie de sa vie.

Mais voilà que l'album n'est pas à sa place habituelle sur le divan du salon. Elle fronce les sourcils, perplexe. L'aurait-elle emporté pour lire au lit la veille au soir ? Elle se dirige d'un pas pressé vers sa chambre, une lueur d'inquiétude dans les yeux. Mais l'album reste introuvable. Où a-t-il bien pu passer ? Ce mystère la met en rage. « Qui aurait pu prendre la BD la plus précieuse à mes yeux ? Personne n'est entré chez moi ! Il faut absolument que je retrouve cet album ! »

Déterminée, elle passe chaque pièce de la maison au peigne fin en invoquant Saint Pierre et Saint Paul. La cuisine, le bureau, la salle de bains, même les placards n'échappent pas à sa fouille minutieuse. Mais l'album reste introuvable. Elle consulte les ouvrages de la bibliothèque où elle l'a peut-être rangé par inadvertance, une recherche infructueuse qui la laisse désemparée. Elle fait le vide en son esprit, essayant de se remémorer l'endroit exact où elle l'avait tenu pour la dernière fois, où elle s'était installée pour lire.

Malgré tous ses efforts, une confusion totale s'empare d'elle. Le désespoir commence à la submerger, la faisant douter de sa propre mémoire. « Suis-je sur le point de perdre la raison ? » pense-t-elle, angoissée. La disparition de l'album la plonge dans un abîme de désespoir, où chaque recoin de sa maison semble se moquer de sa quête désespérée. Les heures passent, et la maison silencieuse résonne de l'écho de sa frustration.

Finalement, épuisée, elle s'assoit sur le divan, les mains tremblantes. Elle ferme les yeux, tentant de calmer le tumulte de ses pensées.

« Peut-être ai-je juste besoin de me reposer, de laisser mon esprit se détendre, » se murmure-t-elle.

Mais au fond d'elle, l'inquiétude persiste, et le mystère de l'album disparu continue de la hanter, telle une énigme insaisissable qu'elle se doit de résoudre.

Après l'agacement, elle se reprend. Au lieu de tourner et retourner le problème dans son esprit, elle ne peut rester inactive. Une décision ferme naît en elle : sortir et partir à la recherche de l'album manquant, repéré la veille sur un stand de BD. Peut-être ce stand fera-t-il son bonheur aujourd'hui ? Le cœur rempli d'espoir, elle se prépare avec détermination à retrouver l'album qu'elle a perdu, grâce au vide grenier, car il n'y a plus de librairie dans le bourg. Elle se replonge dans la cohue des acheteurs, encore plus nombreux que la veille en se disant : « Pourvu qu'il soit encore là ! »

Naviguant avec une énergie renouvelée, elle retrouve sans difficulté l'étalage du brocanteur près de la pharmacie. Son regard fouille chaque recoin du stand, jusqu'à ce qu'une lueur d'espoir surgisse sous un tas de vieux journaux. Là, au milieu des pages jaunies par le temps, l'exemplaire de « Tintin au Congo » se révèle. Son cœur bondit de joie en découvrant l'album qui, bien qu'un peu défraîchi, va combler son désir ardent.

Elle ne peut cacher son enthousiasme au vendeur, tout étonné par tant de joie. Sa réaction spontanée le surprend et une lueur de regret traverse son regard. Il réalise qu'il aurait peut-être pu demander un prix plus élevé pour cet album précieux, mais il est désormais trop tard. Jess, radieuse, s'éloigne, l'album tant espéré entre ses mains.

Chaque page de « Tintin au Congo » qu'elle savourera plus tard lui fera comprendre à quel point cette BD est précieuse pour elle. Elle n'est pas prête à l'égarer celle-là ! En rentrant rapidement pour échapper à la foule, elle est fière de sa détermination et de son succès. Ce moment est un triomphe personnel, une petite aventure au milieu de la grande foire, où l'espoir et la persévérance ont finalement triomphé.

Une fois chez elle, elle se propose de reprendre les aventures de Tintin là où elle les avait laissées. C'était lorsqu'il se trouve chez le père missionnaire qu'il remplace pour donner une leçon aux enfants quand surgit un léopard. Elle se réjouit d'avance du bon moment qu'elle va passer, confortablement installée devant une tasse de café, la deuxième après celle du petit-déjeuner.

Commodément assise sur le divan du salon, la joie resplendissant sur son visage, elle jette un clin d'œil au masque africain posé sur le buffet et qu'elle accrochera bientôt au mur. Le salon est baigné d'une douce lumière, filtrée par les rideaux en dentelle et une brise légère pénètre par la fenêtre entrebâillée, apportant avec elle le parfum des roses du jardin. C'est un moment de tranquillité parfaite, le calme après l'agitation de la foire.

Au moment où elle s'apprête à lire, sur la petite table où repose sa tasse, quelle n'est pas sa surprise en découvrant l'album qu'elle avait partout cherché. Il est bien en évidence, là, sur la table et elle se demande pourquoi elle ne l'avait pas vu plus tôt. « Je ne suis pas aveugle à ce point ! » prétend-elle, intriguée.

La voilà à présent avec deux exemplaires de « Tintin au Congo » et elle se sent à la fois perplexe et amusée par cette étrange retrouvaille. Comment cet album a-t-il pu échapper à son regard attentif, elle qui avait fouillé chaque recoin de la maison ? Elle prend une profonde inspiration, décidée à percer ce mystère. Peut-être l'a-t-elle simplement mal rangé, ou bien quelqu'un l'a-t-il déplacé sans qu'elle ne s'en rende compte, mais qui ? Elle est seule chez elle. Peu importe, elle a maintenant deux précieux exemplaires de sa BD favorite et cette coïncidence inattendue lui apporte une joie supplémentaire.

Elle s'enfonce dans le divan, tenant un album dans chaque main, hésitant un instant entre commencer sa lecture ou poursuivre ses réflexions sur cette étrange situation. Finalement, un sourire éclaire son visage et elle ouvre l'un des albums, prête à se plonger dans l'univers captivant de Tintin, où chaque page est une nouvelle aventure et chaque illustration, une œuvre d'art. Dans ce moment de calme, elle savoure pleinement son bonheur et se plonge dans la lecture sans se poser davantage de questions.

Chapitre 5

L'oiseau mort

Le soir est arrivé et avec lui une douce quiétude qui enveloppe la maison. La journée s'est écoulée sans incident particulier, baignée dans une agréable euphorie. En fermant les volets, elle constate que la place en contrebas est déserte, mais jonchée de cartons et de papiers laissés à côté des poubelles qui débordent, témoins silencieux du passage des brocanteurs. « Quel sans-gêne ! » pense-t-elle en secouant la tête, agacée par l'incivisme des marchands qui sont partis en laissant derrière eux ce désordre, convaincus que les employés municipaux nettoieraient tout le lundi matin.

Alors qu'elle s'apprête à se glisser entre les draps avant d'éteindre la veilleuse, des bruits étranges émanent du salon. Ralph, oreilles dressées, prouve qu'elle ne rêve pas. Intriguée par ces sons indéfinissables, grattements, frôlements, plaintes, elle se lève, enroulée dans sa robe de chambre, le cœur battant. Derrière elle, Ralph, apeuré, avance prudemment, n'en menant pas large.

En ouvrant la porte vitrée du salon, elle scrute la pièce à la recherche de quelque chose d'anormal, mais tout semble à sa place, malgré l'impression d'une présence invisible. Le masque, posé sur le buffet, semble la regarder d'un air narquois. Ce face-à-face d'une seconde la met mal à l'aise et elle détourne son regard du visage énigmatique, car le bruit vient de s'interrompre brusquement à son approche. Immobile, sur le qui-vive, son cœur bat la chamade, soudain, elle sursaute en entendant de la suie tomber de la cheminée. « Serait-ce le père Noël qui vient déposer un cadeau au pied de la paire de sabots ? » pense-t-elle en tentant de se rassurer avec une note d'humour pour chasser sa peur. Elle tend l'oreille à nouveau.

Une plume, puis une autre descendent en voletant jusqu'au sol. Soudain, patatras ! Un objet noir et informe chute dans l'âtre avec un bruit sourd. Elle recule d'un bond, tandis que Ralph s'approche prudemment de l'étrange chose, la reniflant avec curiosité. Jess, reculant encore, observe attentivement et finit par se rassurer en réalisant qu'il s'agit d'un oiseau, visiblement étourdi par sa chute prolongée dans le conduit de cheminée. Ralph, fier de sa trouvaille, la rapporte comme un épagneul fier de son gibier.

Réprimant un frisson, elle s'avance prudemment pour examiner l'oiseau. Elle craint de le toucher directement, alors elle attrape une manique dans la cuisine. Hélas, avant qu'elle ne puisse agir, la tourterelle pousse son dernier soupir et ferme doucement les yeux. « Pauvre petite bête ! » murmure-t-elle, le cœur serré. Une inquiétude traverse son esprit : « Pourvu qu'il ne soit pas mort de maladie… » Sa fille lui a parlé de la grippe aviaire qui sévit et de l'obligation de déclarer les oiseaux morts trouvés dans les jardins. Avec précaution, elle met l'oiseau dans un sac en plastique avant de le déposer dans la poubelle.

Finalement, elle retourne se coucher, apaisée d'avoir identifié le phénomène qui n'avait rien de surnaturel. Elle éteint la veilleuse et se blottit sous les couvertures, Ralph niché à ses pieds.

« Si je me mets à avoir peur d'un oiseau à présent ! » se dit-elle en fermant les yeux, un sourire aux lèvres, consciente que parfois l'imagination peut jouer de mauvais tours, mais que la réalité est souvent bien moins terrifiante. Une douce torpeur l'envahit, et bientôt, elle plonge dans un sommeil réparateur, tandis que la maison retrouve son calme.

Toutefois, ses pensées s'égarent un moment vers l'oiseau mort. Elle se demande comment il a pu se retrouver coincé dans la cheminée. Avait-il cherché un abri ? S'était-il égaré en plein vol ? L'idée qu'il ait pu souffrir seul, piégé dans l'obscurité du conduit, la peine. Elle décide qu'au matin, elle vérifiera la cheminée pour s'assurer qu'aucun autre animal ne pourrait y être pris au piège.

Peu à peu, les soucis se dissipent et la chaleur du lit l'enveloppe. Ralph, sentant sa maîtresse plus calme, se détend aussi et s'endort. La nuit avance, les étoiles scintillent silencieusement dehors, veillant sur la quiétude retrouvée de la maisonnée.

Jess ne peut s'empêcher de penser à ces deux incidents qui ont perturbé ces deux dernières soirées, l'un concernant la BD de Tintin égarée et l'autre l'oiseau tombé de la cheminée. Durant le premier mois de son installation, rien ne s'était passé, étrange ! Que va-t-il arriver les jours suivants ? Elle a un brin de soupçon, « serait-ce le masque ? Aurait-il le pouvoir de me perturber ? »

Chapitre 6

Les sabots ont bougé

Le lendemain matin, l'incident de la veille est oublié. Depuis la terrasse, elle observe les employés municipaux s'affairant à ranger les barrières métalliques et à enlever les détritus divers laissés par les brocanteurs. Un petit vent frais fait tomber les feuilles jaunies dans l'allée du jardin. Pour se dégourdir les jambes et se donner une tâche à accomplir, elle s'empresse de balayer ces feuilles mortes. Cette activité banale, presque méditative, lui permet de vider son esprit, de ne penser à rien. C'est sa petite séance de relaxation, une sorte de yoga sans tapis de sol, juste elle et son balai. Chaque coup de balai éloigne un peu plus les pensées parasites, les préoccupations du quotidien, et elle se sent progressivement plus légère, plus apaisée.

Après avoir fini de nettoyer l'allée, elle décide de se rendre à la poste pour y retirer le courrier, même si elle sait pertinemment que la boîte postale sera vide. Les mails ont largement remplacé les messages de papier. Quelle tristesse, pense-t-elle, en se remémorant l'époque où, adolescente, elle recevait des courriers de ses nombreux correspondants dispersés aux quatre coins du monde. Chaque lettre était un petit trésor, un fragment d'ailleurs qui parvenait jusqu'à elle.

Avant de l'ouvrir, elle humait longuement l'enveloppe, porteuse de senteurs diverses venues de loin. Elle fermait les yeux, envoûtée par un parfum indéfinissable qui la transportait bien au-delà des limites de son village. Ces courriers nourrissaient son envie de voyager, de découvrir de nouveaux horizons. Elle conservait précieusement chaque timbre, chaque petit morceau de papier porteur d'une vision du pays d'où il venait. C'était ainsi qu'elle apprenait la géographie, non pas par des cartes ou des manuels scolaires, mais par le biais de ces correspondances pleines de vie et de mystère.

Elle se rappelle avec nostalgie les après-midi passés à répondre à ces lettres, à raconter son quotidien tout en s'imaginant celui de ses amis lointains. Chacune de ces missives était une invitation au rêve, une promesse d'amitié et de découvertes. Maintenant, tout cela semblait appartenir à une autre époque, une époque où l'on prenait le temps de s'écrire, de s'ouvrir aux autres par le biais de mots soigneusement choisis et de papier délicatement parfumé.

Elle revient de la poste les mains vides, mais le cœur légèrement alourdi par la nostalgie. Retrouvant son balai, elle se dit que peut-être, un jour, elle reprendrait la plume pour renouer avec cette tradition oubliée, pour recréer ces ponts de papier entre elle et le reste du monde.

Le lundi, c'est le jour du dessin où Jess retrouve avec joie ses amies du club de peinture. Dès 14 heures, elles se rendent dans la salle polyvalente, où une atmosphère de créativité et de camaraderie règne en maître. Elles commencent par déballer leur matériel avec une excitation visible. Bientôt palettes, pinceaux, gouaches, huiles, aquarelles, et chiffons s'étalent sur les tables soigneusement recouvertes de nappes en plastique protectrices. Chaque artiste en herbe a apporté un modèle à reproduire, que ce soit un paysage enchanteur ou un portrait émouvant.

Ensemble, elles partagent conseils et astuces, fruits de leurs expériences variées. Certaines confectionnent avec minutie des cartes de vœux, destinées à être vendues au profit du prochain Téléthon. Jess, quant à elle, s'inspire de son imagination fertile pour dessiner des sapins majestueux et des maisons isolées, nichées dans une plaine neigeuse. Ses dessins évoquent des paysages féeriques, sortis tout droit de contes d'hiver. Elle sollicite l'avis de ses voisines, qui n'hésitent pas à lui prodiguer des conseils avisés.

Les heures passent sans qu'elles s'en aperçoivent, emportées par leur passion commune. À la fin de la séance, les pinceaux sont soigneusement nettoyés et rangés dans leurs boîtes et les tables, méticuleusement protégées, retrouvent leur éclat initial. Vers 17 heures, la salle est impeccable, prête à accueillir la prochaine activité. Il faut faire vite, car déjà les adeptes du yoga et leur professeur patientent à la porte d'entrée, tapis de sol sous le bras, prêts à envahir l'espace de leur sérénité.

De plus en plus de personnes stressées ou insomniaques se tournent vers ces techniques orientales pour trouver un équilibre intérieur. Les disciplines comme le yoga, le yoga nada et nidra, le qi gong ou encore le shutaïdo, promettent une meilleure connaissance de l'esprit et du corps. Leur objectif est de réduire l'anxiété en harmonisant les énergies pour atteindre un état de bien-être et d'équilibre optimal.

Jess observe la séance durant quelques minutes, fascinée par la tranquillité qui se dégage de la salle. Elle ne peut s'empêcher de penser : « Avec la pratique assidue de ces disciplines, nous ne rencontrerons bientôt plus que des personnes équilibrées, débarrassées du stress, qui dorment comme des bébés et qui vivent sainement en harmonie avec leur mental. » Une réflexion qui la fait sourire, imaginant un monde où la pénurie de médecins pourrait être en partie compensée par une société plus sereine et en meilleure santé mentale.

Ainsi, chaque lundi, Jess trouve non seulement une échappatoire à la routine quotidienne, mais aussi une source d'inspiration et de bien-être, entourée de ses amies et de leurs œuvres colorées. Le lundi est devenu pour elle un symbole de créativité, de partage et de sérénité, un véritable rendez-vous hebdomadaire avec l'art et la détente.

Puis, elle rentre chez elle, cherchant le réconfort d'une boisson chaude en regardant la télé. Le crépitement du feu de cheminée et la douce chaleur de son salon lui apportent une sensation de sécurité et de bien-être. Elle se couche comme d'habitude vers 21 heures, son petit chien bien calé sur l'édredon, prêt à la suivre dans ses rêves. Jess ouvre son livre, « Don Quichotte », qu'elle relit avec une fascination renouvelée. Les pages la ramènent à un monde d'aventures et de chevalerie, l'immergeant dans les exploits du célèbre hidalgo.

Elle arrive à l'épisode des moulins à vent, où Don Quichotte, convaincu qu'ils sont des géants menaçants, se lance en avant, épée à la main, pour se faire renverser les quatre fers en l'air par leurs ailes puissantes. À ce moment précis, le chien dresse les oreilles, brisant le calme de la scène littéraire. Perturbée par ce changement d'attitude, elle lève les yeux du livre et tend l'oreille, son cœur battant un peu plus fort. Elle croit entendre des bruits de pas, qui font crisser les gravillons de l'allée du jardin.

Une vague d'inquiétude la traverse. En effet, peu de temps auparavant, des personnes connues dans le bourg avaient été agressées dans leur maison isolée. C'était un matin paisible. L'homme, levé de bonne heure, s'affairait au jardin tandis que sa femme dormait encore profondément. Soudain, un étranger à l'air patibulaire franchit la barrière de la propriété, un bidon à la main.

– Auriez-vous de l'eau pour le réservoir de mon automobile ?

– Bien sûr, attendez, je vais remplir votre jerrican, répondit-il sans méfiance.

Mais à peine avait-il prononcé ces mots que plusieurs individus surgirent de derrière un buisson, se jetant sur lui pour l'empêcher de crier. Malgré ses efforts pour se débattre, il fut rapidement maîtrisé et ramené dans la cuisine où ils le ligotèrent sur une chaise, un bandeau sur les yeux. L'un des assaillants monta à l'étage, dans la chambre à coucher, pour en faire descendre son épouse. Elle fut de même ligotée sur une chaise, les yeux bandés. L'interrogatoire commença alors, brutal et sans pitié, accompagné du bouleversement de tout ce qui se trouvait dans la maison. Les armoires furent vidées, les tiroirs renversés.

– Où as-tu caché l'argent ? Réponds, ou je vais m'en prendre à tes petits-enfants !

Face à de telles menaces, toute résistance devenait inutile. Finalement, les malfaiteurs s'enfuirent avec leur butin en criant :

– Ne bougez pas de place avant un quart d'heure.

La femme, terrorisée, n'entendait que les gémissements de son époux, brutalement battu. Avec une détermination née de l'instinct de survie, elle parvint, on ne sait comment, à se libérer et put donner l'alerte.

Ces horribles pensées tourbillonnent maintenant dans la tête de Jess, la paralysant de peur dans son lit. Le petit chien, toujours en éveil, reste sur la défensive, ses sens en alertes pour réagir aux moindres bruits. Elle lutte pour retrouver son calme, espérant que ce ne sont que les fantômes de ses inquiétudes qui jouent avec son esprit fatigué.

Cependant, pour satisfaire sa curiosité, elle fait un effort, se lève, jambes tremblantes. Elle allume la lumière dans le couloir, puis dans le salon et la cuisine. Le chien, qui n'a pas aboyé, est déjà retourné dans la chambre, signe qu'il n'y a probablement aucun danger. Malgré tout, elle laisse la lumière allumée dans toutes les pièces avant de retourner se coucher, espérant que la clarté apaisera ses alarmes.

Elle sait pourtant qu'elle n'a pas de raison de s'inquiéter depuis qu'elle a fait installer un coûteux système d'alarme relié directement à la gendarmerie. En cas de danger, il lui suffirait d'appuyer sur un bouton pour faire accourir les forces de l'ordre jusqu'à son domicile en quelques minutes. Ce dispositif, bien que dispendieux, lui apporte un certain sentiment de sécurité.

Au petit jour, alors que les premiers rayons du soleil percent à travers les rideaux, elle se lève et entreprend de faire le tour de la maison. Rien ne semble anormal à première vue. Cependant, en entrant dans le salon, elle remarque que les sabots posés près de la cheminée ont changé de position. La veille, elle se souvient les avoir placés pointes vers la cheminée, mais à présent, ils sont orientés talons vers l'âtre.

Intriguée, elle s'approche pour examiner de plus près. Autour de la cheminée, des traces de pas se dessinent nettement dans les cendres. Ces empreintes, fines et légères, semblent appartenir à une personne qui se serait déplacée discrètement sur la pointe des pieds.

– Qui a bien pu y toucher ? se demande-t-elle, songeuse. Qui peut avoir laissé ces empreintes de pas autour de la cheminée ? Peut-être ai-je marché dans la cendre en ramassant l'oiseau et je ne m'en suis pas souvenue. Cela me paraît bien curieux. Peut-être est-ce Charlotte, oui, pourquoi pas Charlotte ?

Elle essaie de se remémorer les événements de la veille. Aurait-elle pu, dans un moment de distraction, déplacer les sabots sans s'en rendre compte ? Mais pourquoi ces traces de pas ? Chaque détail semble accentuer le mystère. Les empreintes ne sont pas identifiables, la personne a dû prendre ses précautions. Une brise légère s'engouffre par une fenêtre entrouverte, la faisant frissonner.

Perturbée par ces étranges découvertes, elle décide de vérifier les autres pièces de la maison. Chaque coin et recoin est scruté, mais rien ne semble avoir bougé, pas un objet déplacé, pas un meuble dérangé. Seule la cheminée conserve cet air mystérieux, comme si elle avait été le théâtre d'une présence furtive.

Encore plus perplexe qu'avant, son esprit s'agite, cherchant des réponses. Soudain, une pensée la traverse : et si ce n'était pas une simple coïncidence ? Et si ces événements avaient une signification plus profonde ? Les anciens sabots, les traces dans la cendre, tout cela semble échapper à une explication rationnelle.

Les battements de son cœur s'accélèrent légèrement, mêlant peur et excitation. Peut-être qu'il y a une histoire oubliée, une présence cachée dans ces vieux murs. Le mystère de la cheminée reste entier et, tandis que le jour se lève complètement, elle sait que cette journée sera dédiée à résoudre cette énigme qui ne cesse de la hanter.

Durant la matinée, elle entreprend des recherches sur l'histoire de la maison avant que ses parents ne s'en portent acquéreurs. Elle découvre des récits anciens, des légendes locales qui parlent d'apparitions et de phénomènes inexpliqués dans la région. Chaque document, chaque anecdote semble ajouter une nouvelle pièce au puzzle complexe de son domicile. Elle parle aussi à des voisins de longue date, espérant trouver des indices ou des témoignages similaires, mais ils restent muets.

L'après-midi, elle décide de se rendre à la bibliothèque municipale, où elle consulte des archives locales. Elle y trouve des références à des événements mystérieux qui auraient eu lieu dans sa maison plusieurs décennies auparavant. La mention d'un ancien propriétaire, connu pour ses pratiques occultes, la trouble particulièrement. Ce dernier, réputé pour ses expériences ésotériques, aurait vécu une existence recluse et énigmatique.

En rentrant chez elle, chargée de livres et de documents, elle se sent plus déterminée que jamais. Le soleil commence à se coucher, baignant la maison d'une lumière dorée. Elle sait qu'elle devra faire face à ses peurs pour découvrir la vérité. Avec chaque page tournée, chaque témoignage entendu, elle se rapproche de la réponse.

Ce soir-là, alors que la nuit enveloppe de nouveau la maison, elle ressent moins de peur et plus de curiosité. Elle laisse la lumière allumée, comme la veille, mais cette fois avec l'espoir de percer le mystère. Elle sait que la vérité est là, quelque part, cachée dans les ombres de son domicile. Cependant elle n'est pas au bout de ses surprises.

Chapitre 7
Le piano

Elle éprouve un certain malaise en se réveillant le lendemain. Pour chasser l'angoisse qui s'empare d'elle, rien ne vaut une bonne douche. En laissant couler l'eau sur son visage, Jess s'interroge : « N'était-ce pas un bruit de sabots que j'ai entendu la veille dans l'allée du jardin ? Cela expliquerait leur changement de position devant la cheminée. Mais qui aurait fait une chose pareille, qui voudrait m'effrayer ? »

Le corps relaxé par un jet d'eau fraîche, elle s'approche du miroir pour en ôter la buée avec une serviette. Elle y parvient sans peine et prend la brosse pour démêler ses cheveux. Lorsqu'elle se regarde dans la glace, elle ne trouve pas son visage, pourtant l'armoire de toilette, derrière elle, est bien visible.

« Est-ce que je ne rêve pas ? », se demande-t-elle, les yeux écarquillés de surprise.

Elle essuie de nouveau le miroir avec plus de vigueur, espérant dissiper cette étrange illusion. Cette fois, un visage apparaît, mais ce n'est pas le sien. C'est celui d'un vieillard qui ricane. Ses yeux sont creux, ses traits ridés par le temps et ses lèvres tordues en un sourire sinistre. Jess se retourne vivement, son cœur battant à tout rompre, mais ne voit personne derrière elle.

Le silence de la salle de bain n'est brisé que par le goutte-à-goutte de l'eau sur le carrelage. Tremblante, elle ose regarder le miroir à nouveau et découvre son propre visage, pâle et marqué par la frayeur.

Jess se frotte les yeux, le souffle court : « Qu'est-ce qu'il m'arrive ? Suis-je folle ? Est-ce que ma vue me joue des tours ou mon imagination ? Je n'aurais pas dû faire des recherches sur les antécédents de la maison ! »

Elle se remémore le film « Bal des vampires » qui l'avait tant fait rire des années auparavant. Mais aujourd'hui, il n'y a plus rien de drôle. La peur s'insinue en elle, plus réelle que jamais. Chaque recoin de la salle de bain semble habité par une présence invisible, chaque ombre devient menaçante. Elle sent un frisson glacé lui parcourir l'échine, tandis qu'elle lutte pour reprendre son calme.

Sortant de la salle de bain, Jess ne peut s'empêcher de jeter des coups d'œil nerveux autour d'elle. Cette maison, à son arrivée refuge chaleureux, est depuis peu envahie par une atmosphère oppressante. Les meubles semblent avoir changé de place, des bruits sourds résonnent dans les murs, et une étrange odeur de terre humide emplit l'air. Elle essaie de rationaliser : « Ce n'est rien, juste mon imagination qui me joue des tours. »

Cependant, une part d'elle-même sait que quelque chose ne va pas. Ses mains tremblent encore alors qu'elle s'habille rapidement, cherchant à se convaincre qu'elle n'est pas en train de perdre la tête. Mais l'image du vieillard ricanant reste gravée dans son esprit, impossible à oublier.

Alors qu'elle s'assoit sur le bord de son lit, tentant de se calmer, un grincement sinistre se fait entendre, provenant de la porte d'entrée. Jess se lève précipitamment, son cœur tambourinant dans sa poitrine. Elle s'approche de la porte lentement, chaque pas résonnant comme un coup de marteau dans le silence de l'habitation.

Tandis qu'elle se pose des questions, le piano du petit salon se met à jouer la « Lettre à Élise ».

– Qui est là ? crie-t-elle.

Ce piano lui a été légué par son ami poète, qui avait mis fin à ses jours deux mois auparavant. Il vivait seul, déprimé par une opération. Il venait de passer deux semaines dans une maison de repos pour y subir des soins post-opératoires. Il aurait souhaité y rester plus longtemps, redoutant la solitude qui l'accablerait en rentrant chez lui où personne ne l'attendait. Mais il dut laisser sa place à un autre patient. Une semaine plus tard, sans donner de signes dépressifs à ses voisins, il se tira une balle dans la tête. Horrifiée, sa femme de ménage le découvrit au matin, dans sa chambre aux murs éclaboussés de sang et de débris de cervelle. Il avait prémédité son geste et établi son testament en léguant son piano à Jess. À plusieurs reprises, elle avait proposé de lui acheter l'instrument dont il ne jouait plus. Il avait répondu : « Tu l'auras quand je serai mort. » Et quelques jours plus tard, il se suicidait.

Jess conservait ce souvenir de son ami, qui en jouait si bien, et elle imaginait ses doigts agiles courant sur le clavier quand il interprétait la « Lettre à Élise ». Quelle coïncidence ! Elle frissonne en entendant ces notes et imagine les touches qui s'enfoncent sous d'invisibles mains. Elle réitère sa question d'une voix tremblante :

– Qui est là ?

– C'est moi, répond sa fille. Pour ne pas te déranger, j'ai utilisé le double de la clé caché sous un pot de fleurs et je suis entrée. Tu n'es pas fâchée au moins ? Je te vois toute pâle et désemparée. Dis-moi si je te dérange.

– Non, pas du tout, tu m'as fait peur. J'imaginais que le piano jouait tout seul.

– Comment veux-tu qu'il joue seul, maman, réveille-toi !

Jess ne peut s'empêcher de jeter un coup d'œil inquiet vers le piano, comme si elle s'attendait à ce qu'il reprenne sa mélodie de manière surnaturelle. Une fois installées, sa fille remarque quelques nouveaux objets décoratifs.

– Tiens, tu as fait des achats, une paire de sabots, un masque africain. Je ne te savais pas attirée par ces genres d'objets.

– Oui, figure-toi que je les ai ramenés avant-hier de la brocante. Je ne sais pas pourquoi, ils me plaisaient.

Sa fille examine les objets avec curiosité, tandis que Jess tente de chasser les pensées sombres qui l'assaillent. Elle se demande si ces nouvelles acquisitions, étranges et exotiques, ont une signification plus profonde, si elles sont les témoins silencieux d'une présence qui dépasse la simple décoration. Elle se rappelait les paroles de son ami poète, ses dernières confidences sur son mal-être et ses désirs de fin. Le piano, le masque africain, les sabots, tout semblait soudain relié par un fil invisible comme si chaque objet portait en lui une part de l'âme tourmentée de son ami.

– Et toi, comment vas-tu ? demande-t-elle à sa fille, cherchant à détourner la conversation et à s'ancrer dans le présent.

– Oh, rien de particulier. Le travail, tu sais, toujours les mêmes soucis. Mais je voulais surtout m'assurer que tu allais bien, tu sembles si pensive aujourd'hui et perturbée.

Jess hoche la tête, tentant un sourire. Elle est reconnaissante de la présence de sa fille, qui lui apporte un peu de lumière dans cette maison maintenant empreinte de mystères non résolus, mais elle ne veut pas lui faire partager ses craintes.

– Il n'a pas l'air mal ce masque, de quelle ethnie provient-il ? demande Charlotte en examinant attentivement l'objet.

– Je n'ai pas encore fait de recherches à son sujet, répond Jess avec un léger sourire. Un jour prochain, je m'y attellerai...

– J'espère qu'il te portera bonheur.

– Pourquoi dis-tu çà ?

– C'est comme les éléphants, ceux qui ont la trompe relevée porte-bonheur, les autres non.

– Ah ! Bon, répond Jess soucieuse.

– Je vais te laisser. J'étais venue voir si tu allais bien, ajoute Charlotte avec une note de tendresse dans la voix. Bisous. Au fait ! Les agresseurs du couple ont été retrouvés et mis sous les verrous. Ils ne nuiront plus… jusqu'à ce qu'on les relâche, ajoute-t-elle en riant d'un air mi-sérieux, mi-amusé.

Sa fille habite à trois kilomètres dans un vieux moulin qu'elle a su restaurer avec beaucoup de goût et d'efforts. Elle est chirurgien-dentiste, et sa nombreuse clientèle ne lui laisse guère de répit. Malgré son emploi du temps chargé, elle trouve toujours l'occasion de passer chez sa mère en se rendant à son cabinet près de l'église. Elle veille sur elle avec une affection inébranlable.

Après son départ, Jess se sent apaisée. Les mauvais pressentiments de la nuit dernière s'évanouissent progressivement, remplacés par un sentiment de soulagement à l'annonce de l'incarcération des malfaiteurs. Elle se dirige vers la fenêtre et regarde le paysage serein qui s'étend devant elle. La lumière du soleil baigne le bourg d'une douce lueur dorée.

Quant aux bruits bizarres entendus la veille, elle se dit à voix haute, comme pour se convaincre :

– Je suis bien trop émotive et mon imagination me joue des tours.

Elle secoue légèrement la tête en souriant, se rappelant toutes les fois où elle avait laissé son imagination débordante prendre le dessus. Pourtant, quelque part au fond d'elle-même, une petite voix la pousse à rester vigilante. Elle décide de faire une promenade dans le jardin pour se détendre, laissant les soucis de côté pour profiter de l'instant présent.

Le jardin, avec ses fleurs colorées et ses allées sinueuses, est son refuge, un endroit où elle peut trouver la paix et la tranquillité. Tandis qu'elle marche lentement, écoutant le chant des oiseaux et le murmure du vent dans les arbres, Jess sent une vague de sérénité l'envahir. Elle s'assoit sur le banc en bois, ferme les yeux en savourant le calme qui l'entoure loin de la maison.

L'après-midi se passe agréablement à la résidence des personnes âgées, un lieu où le temps semble s'écouler avec lenteur, bercé par la chaleur des souvenirs et le réconfort de la compagnie. En effet, chaque mardi après-midi, un petit groupe de bénévoles dévoués se réunit pour chanter avec les résidents. L'atmosphère s'emplit alors de voix joyeuses et de mélodies nostalgiques.

Un guitariste talentueux les accompagne, sa musique apportant une touche magique à l'événement. Il distribue les partitions avec un sourire bienveillant et c'est parti pour deux heures de chansons. Les résidents attendent ce moment avec une grande impatience, car leurs familles ne viennent les voir que le dimanche. Leurs enfants, pris par leurs obligations professionnelles, laissent leurs vieux parents entre les mains expertes et attentionnées du personnel de la résidence. Ce personnel, compétent et souriant, veille attentivement aux désirs et aux besoins de chacun, créant une ambiance chaleureuse et accueillante.

Les résidents prennent un plaisir évident à chanter les airs qui ont bercé leur jeunesse, dont ils retrouvent les paroles avec une facilité déconcertante. Parmi les chansons favorites, on entend souvent « Étoile des neiges », « La belle de Cadix » et bien d'autres mélodies intemporelles. Ces instants musicaux ravivent des souvenirs précieux et apportent une lumière particulière dans leurs regards.

Après la séance de chant, un goûter les réunit tous autour d'une boisson chaude. Les conversations vont bon train, chacun partageant anecdotes et souvenirs, renforçant ainsi les liens qui les unissent. Les bénévoles, tout comme les résidents, trouvent dans ces moments un enrichissement mutuel, une chaleur humaine qui transcende les générations.

Quand Jess rentre chez elle après cet après-midi bien rempli, elle ressent un profond soulagement et une gratitude silencieuse. « Heureusement que je suis en possession de mes facultés pour ne pas avoir recours à l'EHPAD ! » pense-t-elle en souriant. Elle se sent reconnaissante de pouvoir encore profiter de son indépendance et de la tranquillité de son foyer.

Elle vaque à ses occupations quotidiennes, avec une énergie renouvelée par les moments de partage qu'elle vient de vivre. Tandis qu'elle prépare son dîner, elle repense aux visages radieux des résidents, aux éclats de rire partagés et à la satisfaction d'avoir apporté un peu de joie et de réconfort à ceux qui en ont tant besoin. Ces pensées l'accompagnent jusqu'à la tombée de la nuit, rendant sa soirée encore plus douce et sereine.

Chapitre 8
Une lumière dans la nuit

Alors qu'elle a éteint la lumière de la chambre, une lueur commence à clignoter à intervalles réguliers dans le couloir. Jess pense immédiatement qu'il s'agit du gyrophare de l'ambulance des pompiers du centre de secours tout proche, probablement en route pour une urgence médicale. Elle loue la diligence de ces hommes et femmes toujours prêts à sauver des vies. Intriguée et légèrement inquiète, elle se lève pour vérifier. Toutefois, en jetant un coup d'œil par la fenêtre, elle constate que tout est calme. Aucun signe de mouvement, pas de véhicules en vue. La lueur continue néanmoins à clignoter, se reflétant de manière étrange sur le masque accroché au mur.

Ce masque, avec ses yeux fendus et étirés vers les tempes, paraît soudainement menaçant. Dans la pénombre, ses lèvres semblent esquisser tour à tour un rictus effrayant et un sourire ironique.

Elle pousse un soupir de soulagement en réalisant finalement que la lumière clignotante provient de la colonne de son ordinateur, qu'elle a oublié d'éteindre. Un sentiment de ridicule l'envahit et elle ne peut s'empêcher de rire intérieurement.

« Décidément, je suis trop nerveuse. Je devrais mettre fin aux séances de spiritisme avec Pascale », murmure-t-elle pour elle-même.

En effet, depuis quelque temps, Jess et son amie Pascale passent de nombreuses soirées à interroger les esprits. Pascale, ayant survécu à un grave accident qui l'a plongée dans un coma de plusieurs mois, prétend avoir établi des contacts avec l'au-delà pendant cette période. Elle est convaincue que sa grand-mère décédée communique avec elle et lui donne des conseils avisés. Jess, fascinée par ces récits, s'est rapidement laissée entraîner dans ces séances d'évocation des esprits.

Leur rencontre a eu lieu lors d'un spectacle envoûtant de Chris, un célèbre hypnotiseur. Une connexion s'est établie entre elles grâce à leur passion commune pour l'ésotérisme. Tandis qu'elle s'assoit sur son lit, Jess réalise que son intérêt pour l'ésotérisme pourrait bien être à l'origine de ses troubles récents. La frontière entre le réel et l'imaginaire devient de plus en plus floue. Peut-être serait-il sage de faire une pause, de retrouver un peu de sérénité loin des mystères troublants et des masques inquiétants qui peuplent désormais son quotidien.

Elle se promet alors de parler à Pascale, de lui expliquer ses craintes. Il est peut-être temps de trouver un autre hobby, quelque chose de moins déroutant, de moins angoissant. Une chose est sûre, elle a besoin de retrouver son calme et sa tranquillité d'esprit. Avant de se glisser à nouveau sous les draps, elle prend soin d'éteindre entièrement son ordinateur, évitant ainsi toute lueur intempestive susceptible de troubler son sommeil.

La semaine précédente, Jess s'était rendue chez Pascale pour une séance de spiritisme. Elles avaient entendu des histoires fascinantes sur les esprits et étaient curieuses d'en savoir plus. Pascale avait préparé la pièce avec soin : la table au centre avait une surface lisse, presque brillante et des morceaux de carton portant les lettres de l'alphabet et des chiffres étaient disposés tout autour. La lumière tamisée et les bougies vacillantes ajoutaient une ambiance mystique à la scène.

Elles prirent place autour de la table, posant délicatement leur index sur le rebord d'un verre renversé, l'instrument par lequel elles espéraient communiquer avec l'au-delà. Après un moment de silence et de concentration, Jess sentit un léger frisson lui parcourir l'échine. Soudain, le verre vibra puis se déplaça lentement, comme mû par une force invisible.

Pascale prit une profonde inspiration avant de poser la première question :

– Esprit, es-tu là ? dis-nous quel est ton nom.

Le verre frémit légèrement, hésitant avant de s'arrêter successivement devant plusieurs lettres. Pascale, les yeux plissés de concentration, les nota et les assembla.

– Victor... murmura-t-elle, puis, plus fort : C'est sans doute Victor Hugo, qui s'adonnait au spiritisme avec sa fille Adèle.

Jess, bien que sceptique, sentit son intérêt piqué. Pascale continua :

– Connais-tu des membres de ma famille ?

Le verre se déplaça de nouveau, formant lentement une réponse.

– Oui, répondit l'esprit, votre grand-mère, dans un jardin de fleurs, brode des mouchoirs pour les anges.

Jess, qui ne pouvait s'empêcher d'être ironique, fit une remarque :

– Tiens, je ne savais pas que les anges se servaient de mouchoirs !

L'interrogatoire se poursuivit, chaque question apportant des réponses de plus en plus étranges et farfelues. Parfois, les lettres ne formaient aucun mot cohérent, et Pascale, toujours prête à trouver une explication, déclarait :

– C'est un esprit mauvais qui se joue de nous.

Jess, de plus en plus sceptique, observait Pascale avec une méfiance grandissante. La conviction inébranlable de son amie commençait à lui sembler suspecte. La séance s'était terminée sans conclusion satisfaisante.

– Ce sera pour une prochaine fois, avait lancé Pascale avec un sourire assuré.

Depuis cette soirée, Jess n'avait pas repris contact avec Pascale. Elle cherchait une vérité qu'elle pourrait comprendre et accepter, sans l'ombre du doute qui planait lors de la séance partagée avec son amie. Elle se demandait si les réponses obtenues venaient réellement d'un autre monde ou si elles étaient simplement le reflet des désirs et des croyances de Pascale. Jess espérait un jour percer le mystère des esprits et des forces invisibles qui semblent parfois se manifester à travers un simple verre sur une table.

Le vendredi précédant la journée de la brocante, à l'heure de la sieste, dans le salon à demi éclairé par les rayons filtrants du soleil de l'après-midi, elle est restée plus d'une heure, immobile, concentrée, son index traçant inlassablement des cercles sur le bord du verre. Pourtant, malgré toute sa volonté et son acharnement, rien ne s'est produit. Pas un mouvement, pas une vibration.

Engourdie par cette immobilité prolongée, chaque muscle de son corps semblant crier pour un peu de mouvement, elle a ressenti une fatigue écrasante, une envie irrésistible de sombrer dans le sommeil. Lorsqu'elle s'est enfin levée de sa chaise, ce fut comme dans un rêve. Ses gestes étaient mécaniques, ses pieds la portant sans qu'elle en ait pleinement conscience, comme si une force supérieure invisible la guidait. Cette même force qui, étrangement, l'avait poussée à se rendre à la brocante le lendemain. Là-bas, elle avait été irrémédiablement attirée vers ce masque, une coïncidence si troublante qu'elle en était presque effrayante. Se pourrait-il qu'elle soit manipulée par un esprit, une entité mystérieuse qui la dirigeait à son insu ?

En repensant à ces étranges événements, Jess sent une inquiétude sourde monter en elle. Elle se promet de rester plus vigilante, de se méfier de ces impulsions inexplicables. Elle décide également de prendre ses distances avec son amie, dont la compagnie semble étrangement liée à ces incidents troublants. Avec ces résolutions en tête, elle se sent submergée par une lourde fatigue. Luttant un instant contre le sommeil, ses paupières se font de plus en plus lourdes, jusqu'à ce qu'elle s'endorme profondément, emportée dans le monde des rêves où peut-être, elle trouvera des réponses à ses questions.

Chapitre 9
La cabane du jardin

Le lendemain matin, sortant dans le jardin, Jess découvre sur le pas de la porte un pigeon mort, les ailes étendues comme s'il avait été foudroyé en plein vol. Elle fait un bond en arrière, le cœur battant à tout rompre : « M'aurait-on jeté un sort ? » se demande-t-elle, terrifiée. Les souvenirs de films de sorcellerie, où des volailles étaient clouées sur l'entrée d'une habitation pour porter malheur à leurs occupants, lui reviennent en mémoire. Quelqu'un lui voudrait-il du mal ? Glacée de terreur, elle s'interroge : « Comment ce pigeon est-il venu mourir devant ma maison ? Est-ce d'une mort naturelle ? Est-ce que cela n'a pas un rapport avec les bruits de pas entendus dans le jardin la nuit précédente ? »

Le doute et la peur s'installent en elle, la poussant à chercher des réponses. Elle décide d'en avoir le cœur net. Suivie du petit chien, elle se rend dans l'abri au fond du jardin. En traversant l'allée envahie de ronces, elle pense : « Il faudra que je fasse venir quelqu'un pour débroussailler, je ne m'en sens pas capable. » La cabane en bois, de fabrication artisanale, sert de rangement pour les outils de jardinage. C'est la première fois que Jess s'y aventure vraiment. Elle ouvre aisément la porte qui n'est pas fermée à clef et découvre, dans l'obscurité, un véritable capharnaüm : de vieux meubles bancals et surtout un matelas qui occupe une grande partie de l'espace.

« Aucun objet capable de tenter un voleur », se dit-elle, rassurée un instant. Mais Ralph, lui, semble y trouver son bonheur. Il flaire ici et là, sa queue frétillant d'excitation, comme s'il redécouvrait une odeur familière. Il s'attarde longuement sur le matelas, le léchant par endroit. Jess, absorbée par ses pensées, ne prête guère attention au manège du chien et, ne voyant rien de particulier, décide de sortir. Elle tire la porte derrière elle, mais Ralph, obstiné, continu à flairer, nez à terre, cherchant quelque chose qu'il connaît bien.

« Un rat doit être passé par là, » pense Jess. Il en a sans doute senti la trace. »

– Allons, Ralph, viens ou je t'enferme, ordonne-t-elle.

Le chien répond par des aboiements frénétiques, levant les yeux vers un coin obscur de la cabane, comme s'il s'adressait à un être invisible.

– Vas-tu te décider ! Il n'y a personne dans cette cabane, dit-elle en le tirant par son collier.

Une fois dehors, Ralph gratte le bois de la porte avec ses pattes en poursuivant ses aboiements, obstiné.

– Il n'y a personne ici, rentre à la maison, répète Jess, agacée et inquiète à la fois.

En parcourant l'allée du jardin, une pensée la traverse : « L'attitude du chien est curieuse, on dirait qu'il connaît la personne qui serait entrée dans la cabane, mais ce n'est pas possible… »

La tête perdue dans ses pensées, elle prend ses gants de jardinage pour relever le pigeon. Apparemment, il n'est pas blessé. Elle le met dans un sac plastique avant de le jeter dans sa poubelle. Lorsqu'elle interroge sa voisine, celle-ci lui dit :

– Il paraît que des personnes jettent des grains de maïs empoisonnés pour empêcher leur prolifération. J'ai trouvé deux pigeons morts dans ma pelouse récemment.

Jess rassurée, fait son ménage, lit le journal, se laisse absorber par les mots croisés quand arrive l'heure du repas. Elle a prévu une omelette qu'elle dévore devant la télé. Après une sieste rapide, elle se prépare pour la séance de gymnastique à laquelle elle n'est pas très assidue. En effet, elle trouve toujours autre chose de plus important à faire à ce moment-là.

Aujourd'hui, elle se fait violence pour retrouver le petit groupe d'habituées. Elles ne sont pas très nombreuses et s'absentent à tour de rôle pour divers prétextes : l'une a mal aux genoux, l'autre à l'épaule, si bien qu'elles ne sont que six ou sept à s'agiter dans la salle en suivant les consignes de l'animatrice : courez, pieds aux fesses, genoux levés, marchez, etc. Les mouvements imposés sont exécutés selon la capacité de chacune. Jess, qui trouve le temps long, jette un coup d'œil furtif à la pendule ou à sa montre. Elle est soulagée quand arrive la délivrance. Pourtant, cette heure lui permet de retrouver ses copines, de bavarder, de vaincre la solitude tandis que l'animatrice leur donne de bons conseils afin de prévenir les chutes qui provoqueraient la fracture redoutable du col du fémur.

Cette nuit-là, des crampes épouvantables à la cuisse droite viennent brutalement abréger son sommeil, faisant suite aux efforts effectués durant la séance de gym. La douleur fulgurante la réveille en sursaut, la laissant haletante et en proie à une souffrance intense. Elle tente de se lever, chaque mouvement étant une épreuve de plus et pose avec précaution le pied sur le sol froid, espérant que quelques pas pourront soulager ses muscles contractés, comme le recommandent les médecins. La volonté de ne pas crier de douleur, de ne pas céder à la panique, est une lutte silencieuse qu'elle mène avec bravoure.

Tremblante, elle avance à petits pas hésitants vers le salon, chaque foulée étant une nouvelle victoire sur la douleur de sa cuisse. Elle atteint enfin un fauteuil où elle s'effondre avec soulagement. Assise, elle masse frénétiquement sa cuisse à deux mains, essayant en vain de calmer l'horrible douleur. L'esprit embrumé par la souffrance, elle lève de temps en temps les yeux et son regard tombe sur le masque accroché au mur.

Ce masque, qu'elle a toujours trouvé étrange, semble maintenant ricaner face à son supplice, comme s'il s'en délectait. Sous ses yeux fatigués et embués de larmes, le masque se dédouble et elle voit alors deux images se mettre à danser une ronde infernale sur le mur. Cette vision cauchemardesque renforce son sentiment d'impuissance et d'angoisse.

Jess, les dents serrées pour ne pas laisser échapper un cri, se lève à nouveau avec une détermination farouche pour retrouver le lit, malgré la peur de réveiller la douleur en bougeant. Chaque pas est une épreuve de plus. Arrivée dans sa chambre, elle se recouche avec une lenteur infinie, se raidissant dans une position immobile, essayant de ne pas provoquer une nouvelle crise.

L'immobilité semble avoir raison de sa souffrance, mais elle ne parvient pas à trouver le sommeil. Les bruits de la nuit, le pigeon mort, l'attitude étrange de Ralph dans la cabane... Tout cela forme un puzzle inquiétant qu'elle ne parvient pas à résoudre. Elle repense à chaque détail, essayant de trouver une explication rationnelle. Mais plus elle y réfléchit, plus le mystère s'épaissit. Et si tout cela n'était pas le fruit du hasard ? Et si quelqu'un ou quelque chose cherchait vraiment à l'effrayer ?

Les ombres dansent sur les murs de sa chambre, alimentant ses craintes. Ralph, couché à ses pieds, ne semble pas trouver le repos non plus. Il émet de temps en temps un grognement sourd, les oreilles dressées, à l'affût du moindre bruit suspect. Jess se promet de surveiller attentivement les environs dans les jours à venir. Quelque chose ne tourne pas rond et elle est bien décidée à découvrir de quoi il s'agit.

Suite à ces bonnes résolutions, en voulant changer sa jambe de position, la souffrance reprend le dessus. Son esprit se met à divaguer sous l'effet de la fatigue et de la douleur. Il lui semble entendre une voix lointaine, douce et familière, qui l'appelle : « C'est moi, tu vas bien ? C'est moi, coucou, je suis de retour ». Cette voix résonne comme un écho dans son esprit tourmenté. Incapable de distinguer le rêve de la réalité, elle sombre doucement dans l'inconscience d'un sommeil réparateur, espérant que la nuit lui apportera enfin un peu de répit.

Chapitre 10
Les pannes diverses

Le lendemain, lorsqu'elle veut consulter sa messagerie, impossible de mettre l'ordinateur en marche. Elle multiplie les manipulations qu'il est conseillé de faire dans ce genre de situation : débrancher, rebrancher, appuyer longuement sur le bouton de démarrage, vérifier les branchements, mais rien n'y fait. Elle doit se rendre à l'évidence : la connexion à sa messagerie ne réagit plus. Désespérée, elle ne sait plus à quels saints se vouer. Pourquoi ne pas invoquer Saint-Pierre ou Saint Paul ? Une journée sans messages, c'est comme une traversée du désert sans une goutte d'eau. Comment peut-on être accro à ce point ? Cette question la hante, mais elle décide de ne pas se laisser abattre.

Elle attendra pour se mettre en quête d'un réparateur, si elle en trouve un, après tout, elle a d'autres choses à faire aujourd'hui. Comme tous les jeudis après-midi, elle se rend au club des séniors, où une quarantaine d'adhérents viennent se détendre en jouant à la belote. Les retardataires, en manque de partenaires, se rabattent souvent sur le rami.

Jess attend ce moment avec une grande impatience. Avant l'heure d'ouverture, elle se plante devant la porte avec ses amis, échangeant des rires et des anecdotes. À 14 heures précises, enfin, la porte s'ouvre. Les jeux de cartes et les tapis sortent du placard et les équipes se forment rapidement. Depuis son adhésion au club, elle joue avec la même partenaire et leur duo est réputé pour son invincibilité à la belote. Toutefois, lorsqu'elles jouent contre un couple de messieurs, les résultats sont plus mitigés, mais cela n'entame en rien leur plaisir.

Cette routine hebdomadaire est devenue un véritable rituel pour Jess. Chaque jeudi, elle se prépare minutieusement, choisissant avec soin sa tenue et emporte son jeu de cartes fétiche. L'ambiance chaleureuse du club, les conversations animées et les éclats de rire sont une bouffée d'oxygène dans son quotidien. Elle aime l'atmosphère conviviale qui règne parmi les membres, où chacun partage un peu de sa vie, ses joies et ses peines, autour d'un café ou d'un verre de jus de fruits.

Aujourd'hui, comme à l'accoutumée, elle retrouve ses amis avec un sourire rayonnant. Ensemble, ils s'installent autour de la table, prêts à en découdre. Les cartes sont distribuées, les regards se croisent, complices. Le silence se fait, ponctué seulement par le bruissement des cartes et les exclamations discrètes. Jess et sa partenaire, concentrées, élaborent des stratégies, anticipent les coups de leurs adversaires. La partie est serrée, les rebondissements nombreux, mais peu importe l'issue : l'essentiel est de passer un bon moment ensemble.

L'année du club est ponctuée de diverses activités saisonnières, offrant à ses membres des moments de convivialité et de partage. Au printemps, les sorties d'un jour permettent de découvrir des sites pittoresques de la région, où chaque détail est soigneusement orchestré pour assurer le confort et le plaisir des participants. Ces journées sont également l'occasion de savourer un excellent repas dans un cadre chaleureux, souvent dans des auberges ou des restaurants typiques de la région, où la cuisine locale est mise à l'honneur.

En automne, la traditionnelle grillée de châtaignes réunit une centaine de participants pour l'un des événements les plus attendus de l'année. Les préparatifs commencent bien avant le jour J. Les tâches sont méticuleusement distribuées : les ramasseurs, armés de paniers en osier, se rendent dès la veille dans la châtaigneraie pour récolter les précieux fruits. Le matin, dans la cuisine, les femmes s'affairent à fendre les châtaignes, préparant soigneusement chaque détail pour la cuisson tandis que les messieurs s'occupent de la préparation du feu dans la cour. Ils mettent en valeur leurs compétences en allumant un brasier de genêts secs et placent les châtaignes dans un gril qui tourne électriquement, assurant une cuisson homogène. Cette scène, teintée de traditions ancestrales, est un spectacle en soi. Pendant ce temps, un film est projeté dans la salle, divertissant ceux qui préfèrent rester à l'intérieur.

Lorsque les châtaignes sont prêtes, leur délicieuse odeur envahit l'air, et chacun prend place à table pour s'en régaler. Cuites à point, moelleuses à souhait, elles sont dégustées avec du cidre doux, ajoutant une touche de douceur à ce festin automnal qui respecte la tradition. En effet, au cours du repas, les conversations vont bon train, évoquant les veillées d'autrefois au coin de l'âtre. On se remémore ces soirées d'antan où les châtaignes, alors base de l'alimentation au Ségala, grillaient en pétillant dans une poêle percée de trous. L'ancien racontait des faits vécus en sa jeunesse, transportant l'auditoire dans un passé empreint de simplicité et de charme ou bien faisait la transmission de ses savoirs à sa nombreuse descendance.

Chaque saison apporte son lot de plaisirs et de souvenirs au club des séniors avec le repas du Nouvel An, le partage de la galette des Rois, les crêpes de la Chandeleur, les anniversaires des adhérents, le pique-nique… faisant de chaque année un cycle de moments partagés et d'activités enrichissantes.

Après quelques heures de parties de belote acharnées, vers 17 heures, la salle commence à se vider. Jess aide à ranger les jeux de cartes et les tapis, tout en discutant des projets pour la semaine suivante.

En quittant le club, elle ressent une satisfaction profonde. Elle aura oublié, son ordinateur hors service, car cet après-midi lui a apporté bien plus que n'importe quel message électronique. Elle a partagé des instants précieux avec des amis chers, et cela n'a pas de prix.

De retour chez elle après ce moment de détente bien mérité, elle s'apprête à retrouver les soucis qu'elle avait mis de côté. Alors qu'elle insère la clé dans la serrure, des voix tonitruantes l'interpellent à travers la porte. Intriguée, elle l'ouvre lentement et découvre que le vacarme provient du téléviseur du salon, dont le volume est poussé à son maximum. Les répliques des acteurs, loin d'être engageantes, résonnent dans toute la maison :

« Au secours, il veut m'étrangler ! » ou encore « Je vais te faire la peau, vieille bique… »

Affolée, Jess se précipite sur la télécommande pour baisser le volume. Déjà, sa vieille voisine, pourtant à moitié sourde, s'est arrêtée devant le portail, tendant l'oreille, intriguée par le bruit.

– Quelque chose ne va pas ? crie-t-elle à Jess qui ferme précipitamment la porte donnant sur la terrasse.

– Non, tout va bien, j'avais juste oublié d'éteindre la télé, répond Jess, un sourire gêné aux lèvres.

Elle referme la porte, soulagée de ne pas avoir à donner plus d'explications. Elle se dirige ensuite vers son bureau et là, surprise ! L'ordinateur, qu'elle était certaine d'avoir éteint, est en marche et affiche sa messagerie. À son grand étonnement, le même message dont l'objet est « invitation » apparaît en plusieurs exemplaires. Se rappelant les conseils prudents, « surtout ne pas ouvrir, il s'agit d'un virus malveillant qui pourrait détruire le matériel informatique », elle les efface rapidement en se disant : « On ne m'aura pas !

Décidément, je n'y comprends rien, il était pourtant en panne à mon départ. »

En parcourant les pièces, elle se rend compte que toutes les lampes de la maison sont allumées. Dans la chambre, le second téléviseur diffuse un film qui semble avoir endormi le chien, allongé de tout son long sur le lit.

« Pourtant, j'avais tout éteint avant de partir », pense-t-elle en fronçant les sourcils. Cependant, elle ne s'attarde pas sur ce mystère, toute à la joie de constater qu'elle n'aura pas à chercher un dépanneur pour son ordinateur.

Après avoir inspecté chaque pièce pour s'assurer qu'il n'y a pas d'autres anomalies, Jess s'installe confortablement dans son fauteuil. Elle essaie de se détendre à nouveau, bien que le mystère de l'électronique récalcitrante lui trotte toujours dans la tête. Elle décide de ne pas se laisser perturber davantage et se promet de prendre des mesures plus rigoureuses pour sécuriser sa maison à l'avenir. Elle a déjà une petite idée.

En repensant à sa journée, elle réalise l'importance de profiter des instants de calme et de sérénité, loin des tracas quotidiens et des soucis technologiques. Jess prend alors une grande inspiration, s'étire et se dirige vers la cuisine pour se préparer une tasse de thé, bien déterminée à clore la soirée sur une note apaisante.

Après avoir mis en route son repas, des pommes de terre bouillies dans la cocotte-minute, elle s'assied pour terminer les mots croisés commencés au petit-déjeuner. Elle a souvent recours au dictionnaire pour chercher les synonymes. Elle enrichit son vocabulaire en notant les mots sur un carnet, où chaque nouvelle entrée est une petite victoire sur l'oubli. Absorbée dans ses recherches, elle sursaute soudainement. Le petit chien aboie, alertant qu'il se passe quelque chose à la cuisine. Le sifflement strident de la cocotte-minute lui rappelle qu'elle l'avait oubliée sur le gaz. Elle se précipite pour l'éteindre, avec un soupir de soulagement en réalisant que rien n'a brûlé.

Le repas est vite avalé devant la télé qui trône dans l'entre-deux du buffet. Elle aime se tenir au courant des nouvelles régionales et nationales en regardant les reportages avec une attention particulière. À 20 h 15, elle se tient prête pour un nouvel épisode de « Plus belle la vie » qu'elle suit assidûment. Elle ne saurait se passer des personnages qui font à présent partie de son quotidien : Mélanie, Vincent, Jawad et tous les autres. Elle est du nombre des téléspectateurs qui regardent la série sans oser l'avouer à leurs proches pour ne pas subir des réflexions du genre : « Tiens, tu regardes Plus belle la vie ! Je n'aurais pas cru que tu pouvais t'intéresser à une série aussi débile ! » Serait-ce une tare d'être accro à ce feuilleton ? Ce qu'elle apprécie surtout, c'est l'imagination de son auteur à trouver de nouvelles histoires dès que l'une se termine.

L'épisode s'achève, elle se lève de son fauteuil, étirant ses jambes engourdies. Avant de se coucher, elle vérifie si les lumières sont éteintes, si le gaz est fermé, avant de faire sortir Half dans le jardin. Elle profite de l'air frais de la nuit pendant que le chien trottine dans l'allée en reniflant chaque coin et recoin avant de regagner la maison. Elle rejoint la chambre, se glisse sous ses couvertures douillettes et s'endort rapidement. Elle aurait plutôt tendance à trop dormir.

Au milieu de son premier sommeil, elle n'a pas entendu le chien sauter du lit, ni le bruit de la porte d'entrée. Cependant quelque temps plus tard, des gémissements, des plaintes qui proviennent de l'extérieur la réveillent en sursaut. Inquiète, elle allume la lampe de chevet. Les aiguilles du réveil indiquent minuit. Elle déteste cette heure-là qui marque la fin d'un jour et le début du suivant. « Minuit, l'heure du crime... » murmure-t-elle. Cherchant ses babouches du bout des pieds, elle se lève tremblante. Derrière la porte d'entrée, des plaintes accompagnées de grattements se font entendre.

« Tiens, c'est curieux, le chien n'a pas aboyé. Mais où est passé le chien ? C'est bizarre, il n'est pas venu se coucher sur mon lit comme d'habitude. » Elle l'appelle : « Ralph ! Ralph ! » Dehors, les grattements redoublent.

« Mon Dieu ! Il est resté dehors ! » Elle ouvre la porte et, dans le halo lumineux qui transperce la nuit, le chien prend des proportions démesurées. La petite boule de poils paraît énorme avec des yeux phosphorescents. Elle a un mouvement de recul, mais il bondit sur elle et la renverse presque pour s'infiltrer à l'intérieur, ses longs poils mouillés par l'averse nocturne. Elle l'essuie dans sa serviette en s'excusant auprès de lui comme s'il s'agissait d'une personne. Pour se faire pardonner, elle va lui chercher sa friandise dans le réfrigérateur.

« Comment ai-je pu oublier de le faire rentrer ? » se morfond-elle, tout en observant Ralph dévorer sa douceur avec délectation. La maison, maintenant silencieuse, reprend peu à peu son calme. Elle se promet de ne plus jamais laisser Ralph dehors, avant de retourner au lit, cette fois pour une nuit de sommeil sans interruption.

Chapitre 11
Les courses

Vendredi, le jour des courses hebdomadaires. Jess sort la voiture du garage avec un soupir, prête à affronter la routine bien rodée. Elle se dirige vers le supermarché à l'entrée du bourg en empruntant la rue familière qui longe le terrain de foot. Parfois, elle s'arrête quelques instants pour observer les élèves du collège qui s'entraînent, leurs rires et leurs cris lui rappelant qu'elle avait été prof il n'y a pas si longtemps. La plaine des sports, aux pelouses vertes, attend patiemment les marcheurs du parcours de santé. Cet espace de verdure, orné d'arbres et pourvu de bancs, attire les promeneurs depuis sa création, offrant une évasion paisible au cœur de la ville.

Au parking du supermarché, elle gare sa voiture près des caddies, cherchant dans son sac une pièce ou un jeton pour en libérer un. Ce n'est pas tant pour y mettre ses achats, mais pour s'y cramponner, car le sol du magasin est parfois traîtreusement glissant. Elle sait exactement ce qu'elle veut et se dirige d'un pas sûr vers les rayons qu'elle connaît par cœur. En dix minutes, son caddy est rempli au quart, juste de quoi tenir une semaine.

Soudain, au détour du rayon des boissons, elle croit apercevoir une silhouette familière.

« Ce doit être un mirage, pense-t-elle, il ne peut pas être là. Décidément, quand vais-je le chasser de ma mémoire ? »

Troublée, elle se ressaisit et continue ses achats. Arrivée à la caisse, elle commence à déposer ses articles sur le tapis roulant. La caissière l'interpelle pour une bouteille de whisky Jack Daniels sans étiquette de prix.

– Comment, cet article n'est pas le mien, que fait-il dans mon caddy ? Il doit y avoir une erreur, s'exclame Jess, surprise.

– Non, c'est vous qui venez de le déposer sur le tapis, répond calmement la caissière. Si vous ne le voulez plus, je peux ne pas l'encaisser.

Confuse et légèrement embarrassée, Jess examine la bouteille. Elle ne consomme pas d'alcool et encore moins de whisky. Cette boisson lui rappelle douloureusement Fred qui en raffolait.

– Oui, gardez-le. Quelqu'un a dû se tromper de caddy en le mettant dans le mien, dit-elle, essayant de masquer son trouble.

Après avoir réglé ses achats, elle s'efforce de comprendre ce que faisait cette bouteille dans son caddy. Perplexe, elle se dirige vers le parking à la recherche de sa voiture. Ses pensées vagabondent, tournant inlassablement autour de Fred et de cette silhouette fugace aperçue dans le magasin. Était-ce vraiment lui ? Ou bien son esprit lui jouait-il des tours ?

En faisant rouler le chariot, elle met par mégarde sa main sur la partie métallique. Immédiatement, elle lâche prise. C'est fou ce qu'elle peut sentir le courant ! Chaque fois qu'elle sort de sa voiture, elle prend souvent une décharge en touchant un objet métallique ou quand elle enlève son pull en acrylique. « Quelle poisse avec cette électricité statique ! » pense-t-elle en frissonnant.

Mais où est donc sa voiture ? Elle regarde autour d'elle, cherchant désespérément le véhicule à l'endroit où elle se souvenait l'avoir garé.

« C'est trop fort, je l'ai rangé près du dépôt des caddys, j'en suis absolument sûre. »

La panique commence à la gagner. « Et si on me l'avait volé ? J'ai pourtant bien verrouillé les portières. »

Elle se remémore l'avertissement des gendarmes qui, au cours d'une conférence, avaient informé le public sur le fait que les voleurs pouvaient, à faible distance, capter le code permettant d'ouvrir les portes avec une clé automatisée. Ils expliquaient à quel point il leur était facile de s'introduire dans le véhicule sans effraction et de partir avec.

Son cœur s'accélère, elle sent la sueur perler sur son front. Son caddy à la main, elle parcourt rapidement les allées, l'angoisse montant à chaque pas. Une allée, deux allées, puis trois allées. Enfin, elle aperçoit son 4x4 à l'autre bout du parking.

« Je n'y comprends rien ! Qui a pu le déplacer ? »

Elle s'approche prudemment, scrutant les environs comme si elle s'attendait à voir surgir le coupable d'un instant à l'autre. Une fois près de la voiture, elle vérifie les portes et constate qu'elles sont bien verrouillées. Tout semble intact. La confusion la submerge.

Elle se souvient alors qu'elle était particulièrement distraite en arrivant, son esprit occupé par la longue liste de courses et les appels téléphoniques incessants sur son portable. Peut-être avait-elle simplement oublié l'endroit exact où elle s'était garée. Elle pousse un soupir de soulagement mêlé de frustration et se promet d'être plus attentive la prochaine fois. En montant dans sa voiture, elle se dit que ces petits moments de frayeur pourraient bien la rendre folle un jour.

Avant de sortir du parking, Jess se remémore les incidents troublants de la journée : un achat indésiré glissé dans son caddy, la voiture qu'elle ne retrouve plus et cette silhouette aperçue furtivement dans le magasin. Les événements se succèdent, inexplicables et inquiétants.

En passant devant la maison de Pascale, elle décide de s'y arrêter pour lui confier les désagréments qui l'accablent depuis quelques jours : les appareils électriques qui s'allument seuls, l'album de Tintin qui disparaît, les bruits insolites, etc. Pascale, toujours compréhensive, est la seule capable de lui apporter une explication rationnelle, mais cette fois, les choses semblent différentes.

– Il m'arrive aussi la même chose, dit Pascale. Parfois, mes objets se déplacent et disparaissent. Dans ces moments-là, je sais que c'est ma grand-mère défunte qui me les cache pour me rappeler à son bon souvenir. Alors je l'invoque : « Mamy, rends-moi mes ciseaux », et peu de temps après, ils réapparaissent. Il doit en être de même pour toi.

Jess, incrédule, rétorque :

– Mais cela me paraît impossible, comment l'esprit d'une morte arriverait-il à faire déplacer des objets, et surtout mon 4X4 ?

Pascale sourit doucement, mais son regard est sérieux.

– Cela paraît anormal, mais il faut croire que cela existe.

– Tu ne me rassures guère, murmure Jess en s'en allant.

En rentrant, elle médite les paroles de Pascale. Elle imagine les esprits des morts omniprésents dans sa maison. « Je n'oserai bientôt plus me mettre nue pour prendre ma douche si je suis sans cesse espionnée ! » pense-t-elle, frissonnant à cette idée.

Les explications de son amie ne l'ont pas convaincue. Les mésaventures continuent à la hanter et une angoisse sourde s'installe en elle.

À 16 heures, le couchant darde ses rayons à travers la porte-fenêtre du salon, baignant la pièce d'une lumière dorée. Jess remarque alors que le masque tribal accroché au mur semble avoir changé de visage. Le soleil, l'irradie de rayons de feu, semble donner vie à ce morceau de bois qui lui sourit gentiment. Elle secoue la tête pour chasser cette illusion troublante et se dirige vers la cuisine, accueillie par les jappements joyeux de son petit chien qui la conduit vers sa gamelle, réclamant sa récompense.

C'est alors qu'elle découvre, avec stupéfaction, qu'un des feux de la gazinière est allumé, ses lueurs bleutées dansent dans la pénombre. « Comment ? Je n'ai pas éteint le gaz en partant ! Ce n'est pas possible ! Cela ne m'est encore jamais arrivé ! » murmure-t-elle, son cœur battant la chamade. On dirait qu'un être invisible s'acharne à me jouer des tours depuis quelques jours. »

Après une brève inspection de toutes les pièces de la maison, où rien ne semble anormal à part la flamme bleue de la gazinière, Jess range les denrées rapportées du supermarché à leur place habituelle. Elle s'efforce de se concentrer sur des tâches simples pour chasser l'inquiétude qui l'envahit. Mais une question persiste, lancinante : que se passe-t-il vraiment ? Les objets déplacés, les bruits étranges et maintenant cette flamme... Quelque chose d'invisible rôde-t-il vraiment dans sa maison, ou son esprit lui joue-t-il des tours ?

Elle s'assoit un moment, épuisée par ces pensées. La soirée s'avance, les ombres s'allongent, et Jess se demande si elle trouvera enfin une explication rationnelle à ces phénomènes inquiétants. « Il faut vraiment que je fasse quelque chose. »

Chapitre 12
Et ça continue

Au-dehors, subitement, le ciel noircit à l'horizon, cachant les dernières lueurs du jour. Le vent se met à souffler, sifflant à travers les arbres et faisant voler les feuilles mortes en tourbillons désordonnés. Des grondements de tonnerre résonnent au loin, annonçant l'arrivée imminente de l'orage. Elle déteste l'orage, car il la paralyse, diminuant ses moyens. Ses forces l'abandonnent, ses jambes mollissent et une grande envie de dormir la prend, comme si une lourde couverture d'angoisse et de fatigue s'abattait sur elle.

Alors, c'est le branle-bas de combat ! D'un geste rapide et précis, elle ferme tous les volets pour ignorer les éclairs qui déchirent le ciel noir. Elle débranche l'ensemble des appareils, décroche le combiné du téléphone afin de ne pas être appelée et prépare des bougies ainsi que des lampes électriques. Ensuite, elle se rend dans la chambre, où elle se glisse sous les couvertures avec le petit chien tremblant. Les battements de son cœur résonnent dans sa poitrine, tentant de couvrir le bruit menaçant de la tempête. Elle se bouche les oreilles et attend, espérant que cela passe rapidement.

Le vent redouble de violence, hurlant comme une bête enragée et la pluie tombe à torrents, frappant les volets avec une force implacable. Un éclair illumine la pièce d'une lumière aveuglante, suivi d'un coup de tonnerre assourdissant. La foudre est tombée tout près et elle sent une vague de panique monter en elle. Heureusement, le paratonnerre du centre de secours protège sa maison, mais elle sait que le danger n'est jamais totalement écarté. De temps en temps, elle pointe le bout du nez hors des couvertures où elle suffoque, cherchant un peu d'air frais.

L'orage s'éloigne enfin, les roulements du tonnerre deviennent moins audibles, se transformant en un grondement lointain. Le temps lui a semblé interminable, chaque minute étirée par l'angoisse. Pourtant, lorsqu'elle jette un coup d'œil à son réveil, il ne marque que 17 heures 30. Elle se lève précipitamment et court à la porte d'entrée qu'elle entrouvre à demi. Dehors, une branche du vieux prunier n'a pas résisté à la violence de la tempête et ne tient au tronc que par l'écorce. « Ce n'est pas très grave, pense-t-elle. Il n'y a pas eu de coupure de courant, heureusement. »

Elle inspecte rapidement les pièces pour rebrancher les appareils électriques. Dans le salon, elle croise le regard moqueur du masque africain suspendu au mur.

– Attends, tu ne perds rien pour attendre ! Je te mettrai au feu si les persécutions se poursuivent ! dit-elle à haute voix, comme pour se rassurer elle-même.

Bien qu'elle sache rationnellement que le masque n'a pas le pouvoir d'influencer les conditions atmosphériques, le doute persiste. Elle se met donc à la recherche des médailles de Saint-Benoît, qui sont censées protéger des maléfices. Une décennie auparavant, alors qu'elle était en Afrique, elle avait commandé ces médailles à Paris, rue des Saints-Pères, introuvables dans le commerce local. Depuis son retour, elles sont rangées dans le fond du tiroir d'un secrétaire, bien gardées dans une enveloppe sur laquelle elle a noté « médailles de Saint-Benoît ».

Avec une détermination nouvelle, elle en extrait une qu'elle enfile à la chaîne qu'elle porte déjà autour du cou. Le contact du métal froid contre sa peau lui procure un réconfort immédiat. Elle se sent rassurée, prête à affronter les tempêtes à venir avec une foi renouvelée en sa protection.

Comme elle n'a rien d'autre à faire, elle entreprend de sortir les quelques bijoux fantaisie qu'elle possède afin de les photographier et de les enregistrer sur une clé USB. Sur la table du salon, elle étale sur une étoffe de velours noir, un assortiment de colliers, chaînes, bracelets, bagues et autres parures. Sans valeur marchande, chaque bijou est imprégné de souvenirs des personnes qui les lui ont offerts. Après cette séance de photos minutieuse, elle les range soigneusement dans leur cachette habituelle.

Soudain, une idée lui vient à l'esprit : pourquoi ne pas profiter de l'occasion pour photographier les meubles de chaque pièce de la maison ? Avec méthode, elle immortalise chaque recoin, prenant soin de capturer l'essence de son intérieur. En quelques minutes, la tâche est accomplie et elle visionne les photos sur son ordinateur.

C'est alors qu'elle remarque une anomalie troublante : au-dessus du buffet du salon, le masque africain habituel n'apparaît pas, mais un miroir. Déterminée à comprendre, elle retourne dans le salon. À sa grande surprise, le masque n'est plus au-dessus du buffet, mais a mystérieusement migré sur le mur d'en face où se trouvait le miroir. « C'est trop fort ! Qui a pu les changer de place ? » se demande-t-elle, l'esprit en ébullition. « Ce n'est pas ma fille puisqu'elle n'est pas venue chez moi ces jours-ci. »

Les pensées tourbillonnent dans sa tête. « Décidément, il se passe des choses bizarres ! Mais qui peut me tourmenter de la sorte ? Qui s'amuse à me jouer des tours ? Ma fille ? Elle en est incapable ! Qui d'autre alors ? » Jess sent une pointe d'angoisse monter en elle, incapable de trouver une explication rationnelle à ces phénomènes étranges qui semblent se produire sous son propre toit. Va-t-elle mettre son plan à exécution pour en avoir le cœur net ? Va-t-elle placer des caméras de surveillance dans chaque pièce ou une seule à l'entrée ?

En ouvrant les volets du salon, un courant d'air soudain traverse la pièce. Le vase sur la table basse bascule, répandant ses fausses roses sur le sol et les feuilles de papier déposées sur le buffet s'éparpillent.

Elle se précipite à la cuisine où la fenêtre vient de s'ouvrir en provoquant le courant d'air. « Qui peut avoir ouvert la fenêtre que j'ai fermée au début de l'orage ? » Pensive, elle retourne au salon pour ramasser les feuilles tombées sur le carrelage. « Mais où est passée l'ordonnance médicale pour ma prochaine prise de sang ? »

Juste à cet instant, un coup retentit à la porte.

« Qui peut bien venir à cette heure ? » murmure-t-elle, les sourcils froncés, se dirigeant vers l'entrée.

« C'est moi ! » crie une voix familière. C'est Charlotte, qui s'impatiente déjà sur la terrasse.

Jess se hâte de déverrouiller la porte et sa fille entre en trombe.

– Maman, qu'est-ce qui se passe ? J'ai essayé de t'appeler, pourquoi tu ne réponds pas ? J'étais inquiète après l'orage, je voulais juste m'assurer que tout allait bien. Pourquoi tu n'as pas répondu ?

– Désolée, j'avais tout débranché et j'ai oublié le téléphone, explique Jess ses pensées encore troublées par l'ordonnance perdue.

– Ma chère maman, tu as l'air préoccupée, constate Charlotte.

Jess soupire.

– Oui, figure-toi que j'ai perdu mon ordonnance pour la prise de sang.

– C'est embêtant. On va la retrouver, assure Charlotte, posant une main réconfortante sur l'épaule de sa mère.

– Le vent qui a ouvert la fenêtre a fait envoler les papiers posés sur le buffet, j'ai cherché partout, explique Jess, anxieuse.

Charlotte inspecte rapidement la pièce et aperçoit sur le buffet une pochette en tissu noir, entourée d'un ruban rouge. Intriguée, elle l'ouvre et découvre les bijoux de sa mère à l'intérieur.

– Maman, tu devrais mettre tes bijoux en sécurité, tu risques de les perdre, réprimande-t-elle doucement.

– Mais comment... Je les avais mis dans leur cachette habituelle. Remets-les à leur place, répond Jess, confuse.

Charlotte obéit et revient bientôt avec un sourire triomphant, brandissant l'ordonnance retrouvée.

– Tiens, la voilà !

Jess la prend avec soulagement.

– Mais où l'as-tu trouvée ?

– Elle était dans la cachette des bijoux. Tu l'as mise là par erreur, explique Charlotte. Au fait, pourquoi avais-tu sorti tes bijoux ?

Jess hésite un instant.

– Je voulais les lister et les enregistrer sur une clef USB, comme les gendarmes nous l'ont conseillé lors d'une réunion.

Charlotte hoche la tête.

– C'est une bonne idée. Puis, elle remarque quelque chose. Tu as déplacé le masque, il était pourtant bien au-dessus du buffet.

Jess reste silencieuse, réalisant que le masque était bien à sa place initiale avant que Charlotte n'arrive.

Charlotte demande :

– N'aurais-tu pas un petit café à m'offrir ?

– Bien sûr que si ; allons à la cuisine, mais ne va-t-il pas t'empêcher de dormir ? Il est presque 18 heures.

Jess cherche le paquet de café dans le placard à l'endroit habituel, mais ne le trouve pas.

Elle murmure entre ses dents : « Où peut-il être ? »

Charlotte s'exclame :

– Tu cherches le café, il est là, derrière la cafetière. Attends, je vais le faire moi-même.

En un rien de temps, Charlotte trouve le filtre et prépare le café en quelques minutes.

– Je suis libre ce soir, si tu veux je peux dormir dans la chambre d'ami et nous passerons la soirée ensemble, propose-t-elle.

Jess, ravie, répond :

– C'est une bonne idée.

– Ne te préoccupe pas du repas, je ferai une grosse salade, continue ce que tu as à faire en attendant.

– Chic ! Je vais terminer ma réussite sur Internet.

Tandis que Charlotte cherche l'huile et le vinaigre dans le buffet de cuisine, elle découvre une bouteille d'eau de Javel.

Elle se demande : « Tiens, pourquoi l'a-t-elle mise là ? »

Elle trouve finalement l'huile, par intuition, dans le placard à balai parmi les produits d'entretien.

Elle dit en riant à sa mère :

– Tu mets l'huile avec les produits d'entretien à présent.

– Ah ! Bon, tu l'as retrouvée. Depuis quelque temps, je ne sais pas ce qui se passe ici, les objets changent constamment de place, comme si un être invisible s'amusait à les déplacer. C'est comme le masque qui se trouvait au-dessus du buffet du salon et qui s'est retrouvé sur le mur d'en face.

Charlotte écoute Jess attentivement tout en tournant la vinaigrette et se pose des questions.

– Dis-moi, ne serait-ce pas depuis que tu as acheté ce masque que les objets se déplacent ?

Jess réalise :

– Oui, effectivement, tu as raison, c'est depuis le jour de la brocante.

Charlotte se demande :

– Ton masque aurait-il le don de télékinésie ?

– Je pense que ce n'est pas lui qui rend mon existence invivable.

Charlotte, intriguée par la conversation sur le mystérieux déplacement des objets, observe attentivement Jess tout en préparant la vinaigrette pour la salade. La lumière décline doucement à travers la fenêtre de la cuisine. Un léger courant d'air agite les rideaux, ajoutant une touche de mouvement à l'ambiance paisible marquant que l'orage est loin.

Jess, toujours en quête d'une explication rationnelle, plonge dans ses réflexions : « Charlotte a peut-être raison et que le masque a un lien avec tout cela. C'est vrai que depuis la brocante, les objets semblent bouger contre mon gré. » Elle cherche à expliquer cette étrange série de phénomènes qui semblent défier toute logique.

Charlotte songe à haute voix en réprimant un sourire : « Un masque avec des pouvoirs télé kinésiques, ça serait tout à fait inattendu ». Elle espère que sa mère ne prête pas foi à ces balivernes.

Pendant ce temps, le café commence à infuser, répandant son arôme réconfortant à travers la cuisine. Charlotte prend une profonde inspiration, appréciant le moment de calme et de complicité partagé avec sa mère. C'était rare qu'elles puissent ainsi prendre le temps de discuter tranquillement, sans le tumulte habituel d'un emploi du temps chargé.

– Je suis contente de pouvoir passer du temps avec toi

Jess, touchée par les paroles de sa fille, lui prend doucement la main :

– Moi aussi, ma chérie. Ces moments sont précieux.

Elles échangent un sourire complice, comprenant toutes les deux que peu importe les mystères qui pouvaient se présenter, leur lien familial restait le plus précieux des trésors.

Après un repas rapide, mais délicieux, mère et fille se sont installées pour regarder un film qu'elles connaissent par cœur : « Un éléphant ça trompe énormément ». Chaque réplique leur est familière, mais elles ne se lassent jamais de cette comédie.

Une fois le film terminé, elles se souhaitent une bonne nuit et prennent le chemin de leur chambre.

– Demain, nous irons chercher des champignons si le temps le permet, propose Charlotte avant de fermer la porte derrière elle.

Jess s'allonge, rassurée par la présence de sa fille à proximité. Cependant, alors qu'elle commence à s'endormir, elle est soudainement réveillée par des voix provenant du salon. Elle rallume rapidement la veilleuse à côté de son lit. Pendant ce temps, Charlotte, elle aussi alertée par les bruits, s'est glissée hors de sa chambre et s'est dirigée furtivement vers le salon.

« Chut ! » dit-elle à sa mère en entrant doucement dans la pièce pour surprendre l'intrus.

La pièce est vide, mais elle remarque que le téléviseur, qu'elle avait éteint plus tôt, était mystérieusement allumé.

« Étrange... Je l'avais pourtant éteint », constate Charlotte, perplexe, et si ma mère avait raison de s'inquiéter ?

Jess la prend à témoin :

– Tu vois, il se passe des choses étranges ici depuis quelque temps.

Charlotte, voulant apaiser les craintes de sa mère, cache son trouble et répond avec assurance :

– Ce n'est rien, nous avons juste oublié d'appuyer sur le bouton de la télécommande. Tu devrais retourner te coucher, tout va bien.

La nuit continue sans autre incident, jusqu'à ce que vers minuit, des bruits étranges venant du plafond les réveillent à nouveau. Elles ont toutes les deux allumé leurs lampes de chevet simultanément et se sont retrouvées dans le couloir une fois de plus.

– As-tu entendu ça ? murmure Jess, le regard inquiet.

– Oui, le bruit vient du grenier, répond Charlotte, déjà en train de réfléchir à une explication rationnelle, peut-être un rat ?

– Si c'est un rat, comment aurait-il pu monter ? Il n'y a pas d'escalier, dit Jess.

Déterminée à résoudre ce mystère, Charlotte s'empare de la perche utilisée habituellement pour ouvrir la trappe menant au grenier. Avec précaution, elle descend l'échelle et monte agilement. Jess, armée d'un balai par mesure de sécurité, la suit plus lentement.

La lumière d'une lampe suspendue à une poutre éclaire faiblement le grenier. Charlotte balaie les coins sombres avec la torche de sa lampe pour chercher des signes de présence de rongeurs, mais elle ne trouve aucune trace d'excréments.

– Non, ce ne peut pas être un rat, il ne pourrait pas monter jusqu'ici. Je vais vérifier si la lucarne est fermée.

Cependant, à sa grande surprise, elle découvre une empreinte de pas fraîche dans une épaisse couche de poussière.

– Est-ce que tu montes parfois au grenier, maman ? demande Charlotte, essayant de contenir son inquiétude.

– Non, jamais. C'est trop dangereux, répond Jess d'une voix tremblante.

Pour ne pas alarmer davantage sa mère, Charlotte fait comme si tout était normal et décide de redescendre après avoir rangé l'échelle et fermé la trappe du grenier.

– Nous devrions élucider tout cela demain. Il se fait tard, bonne nuit maman, dit-elle en baillant légèrement, espérant apaiser ses propres pensées troublées.

Pourtant, malgré sa tentative de calme, Charlotte est incapable de trouver le sommeil. Des questions tourbillonnent dans sa tête, obscurcissant les événements mystérieux de cette nuit. Et si sa mère avait raison ?

Chapitre 13

Dans la forêt

Le samedi matin, elles se rendent à la cuisine pour préparer le petit-déjeuner. Après une tasse de café, elles se sentent enfin réveillées. Le soleil brille à nouveau sur le jardin où l'orage de la nuit précédente a laissé les marques de son passage. Charlotte remarque qu'une branche de l'érable, à moitié cassée, se balance en raclant les tuiles du toit, ce qui a sans doute provoqué le bruit entendu dans le grenier durant la nuit.

– Tu vois, il n'y avait rien de surnaturel, ni de quoi s'alarmer, explique-t-elle avec un sourire rassurant, tout a une explication rationnelle.

Jess, qui n'a pas entendu l'explication de Charlotte, répond distraitement :

– Il faudra faire venir l'entreprise des espaces verts pour achever de la sectionner.

– Quand tu seras prête, nous partirons pour la cueillette des champignons, ajoute Charlotte en changeant de sujet, impatiente de commencer leur aventure du jour.

En effet, une heure plus tard, les voilà dans le 4X4 de Jess, avec Charlotte au volant. Elles se dirigent vers la forêt du Lévezou, près de Salles-Curan, une forêt domaniale ouverte à tous. Il devient de plus en plus difficile de s'infiltrer dans les bois des particuliers, qui clôturent leurs propriétés de fils de fer barbelés pour lutter contre ceux qui revendent, au noir, leur cueillette à des restaurateurs, en réalisant de gros bénéfices. Pour mettre fin à ces abus, les propriétaires vigilants affichent des pancartes « Cueillettes interdites ».

Après trois quarts d'heure de route, elles arrivent à destination. La forêt, sans aucun dénivelé, permet de circuler en voiture dans les allées. Charlotte gare le véhicule au pied d'un sapin, sur un tapis d'aiguilles et donne des consignes :

– Tu passes par là et moi je vais de ce côté, inutile de se gêner. Au bout d'une heure, rendez-vous au point de départ. C'est compris ?

– Entendu ! répond Jess avec enthousiasme.

Puis elles se séparent, chacune avec un sac en plastique à la main. Jess se faufile sous les branches basses d'un sapin. Elle s'accroupit et ramasse un magnifique cèpe en jetant un regard circulaire pour vérifier s'il n'est pas suivi de ses frères. Non, il est seul. Encouragée par cette trouvaille, elle pousse plus en avant, encore et encore, s'éloignant insensiblement du chemin. Elle aperçoit bientôt la tache orangée des girolles qui poussent sous les aiguilles et sur la mousse. Elle s'agenouille pour les cueillir plus commodément.

Le temps passe rapidement, et bientôt, le ciel s'assombrit. La lumière peine à percer les branches de plus en plus serrées. Jess regarde sa montre : « C'est déjà l'heure de retourner à la voiture ! » murmure-t-elle pour elle-même, se redressant avec un soupir de satisfaction en soupesant son sac bien rempli et elle commence à rebrousser chemin.

Pendant ce temps, Charlotte aussi a fait une bonne récolte. Chanterelles et cèpes remplissent son sac et elle se dirige vers le point de rendez-vous, près de la voiture où elle range sa cueillette, satisfaite d'une matinée productive, mais sa mère n'est pas là.

Elle consulte sa montre : « un quart d'heure de retard, où est-elle passée ? » Les mains en forme de porte-voix elle crie « Hou ! Hou ! » espérant être entendue. Puis elle attend. Elle réitère son appel ; un bruit derrière elle la fait espérer. Ses appels ont enfin été entendus, elle se retourne.

Un homme, encapuchonné, sort du bois, un panier à la main, l'air surpris de se trouver face à face avec cette personne ravissante.

– Que vous arrive-t-il ? demande-t-il à Charlotte avec empressement.

– J'attends ma mère qui, à mon avis, doit s'être égarée.

– Vous êtes sûre que vous cherchez votre mère. Nous pourrions la chercher ensemble, dit l'inconnu avec un sourire engageant qui en dit long sur ses intentions.

– Elle finira bien par revenir, répond-elle, prudente.

– J'ai vu des jeunes et belles personnes en quête d'aventure, venir dans cette forêt, un peu comme dans le bois de Boulogne, vous connaissez sa réputation sans doute ? Ah ! si ces arbres pouvaient parler, ils en auraient des galipettes à raconter.

L'homme, la cinquantaine, n'a pas l'intention de la quitter. Charlotte ne sait plus que faire et se sent en danger. Elle monte dans sa voiture.

– N'ayez pas peur, je désirais simplement vous rendre service, ajoute l'homme déçu.

Et il s'en va en haussant les épaules.

Mais Jess n'est pas prête à se montrer, car elle s'est éloignée du chemin par inadvertance pour s'enfoncer dans la forêt. « De quel côté suis-je venue ? se demande-t-elle. Peut-être de là », et, suivant son intuition, elle arrive sur le chemin, mais de quel côté se diriger : à droite ou à gauche ? Les arbres, tous semblables, forment une muraille verte impénétrable. Alors, les mains en porte-voix, elle crie : « Hou ! Hou ! » Espérant que Charlotte l'entendra, mais elle est dans sa voiture et, seul l'écho lui répond, se répercutant lugubrement entre les troncs.

L'homme qui a bien entendu ses appels se dit :

« Il doit s'agir de la mère qui appelle sa fille à présent, surtout, ne pas me mêler de cette affaire qui pourrait se retourner contre moi. Imaginons que la fille m'accuse de tentative de viol ! Il faut redoubler de prudence avec les femmes de nos jours. »

Jess regrette amèrement de ne pas avoir de sifflet et elle a laissé son téléphone portable dans la voiture, quelle imprudence !

En repérant des traces de pneus, elle arrive à un carrefour. Elle décide d'attendre dans ce point stratégique où sa fille finira bien par la trouver. Tout à coup, de grosses gouttes de pluie se mettent à tomber, lourdes et froides. N'ayant prévu ni imperméable ni parapluie, elle s'abrite sous une branche, en frissonnant, confiante.

Au bout d'un temps qui lui paraît une éternité, un ronronnement de moteur se fait entendre et le 4x4 rouge apparaît, émergeant de la brume comme un chevalier sur son destrier. Charlotte en descend précipitamment, son visage blême de soulagement et de reproche mêlés en découvrant sa mère.

– Quelle peur tu m'as faite ! Pourquoi n'es-tu pas restée près du chemin comme je te l'avais dit ? demande-t-elle, ses mots trahissant l'angoisse qu'elle a ressentie.

– Je suis sur le chemin comme prévu, à ce carrefour tu ne pouvais pas me manquer. Je savais que tu me retrouverais.

– Rentre vite dans la voiture, te voilà trempée, ordonne Charlotte, sa voix adoucie par la sollicitude.

– Ce n'est pas la peine d'en faire un drame. La prochaine fois, je ferai comme le petit Poucet.

– Il n'y aura pas de prochaine fois, déclare Charlotte, un éclat déterminé dans les yeux. Nous irons acheter des cèpes au supermarché.

Le retour se fait en silence, seulement ponctué par le bruit des gouttes de pluie sur le toit du véhicule et celui de l'essuie-glace. Jess claque des dents, encore sous l'effet du froid. Il est midi passé quand elles rentrent dans le bourg. Un sentiment de soulagement les anime lorsqu'elles franchissent le seuil familier. Elles étalent leur récolte sur la table de la cuisine, leurs pensées tournées vers le délicieux repas qu'elles prévoient de préparer. Dans l'après-midi, Charlotte prend congé en expliquant :

– Je rentre chez moi pour faire un peu de ménage, car je n'en ai pas le temps les autres jours de la semaine.

– Tu devrais engager une aide-ménagère, tu en as les moyens.

Voyant que sa fille ne répond pas, elle ajoute :

– Après la sieste, à dix-sept heures, j'ai prévu d'aller au cinéma.

– Que vas-tu voir ? demande Charlotte avec curiosité.

– Le « Quatuor ». J'ai lu de bonnes critiques à son sujet sur le programme qui est sur la table du salon.

– Alors, amuse-toi bien, dit Charlotte, rassurée par l'emploi du temps de sa mère.

Allongée sur son lit, Jess ferme les yeux et se détend. Après un quart d'heure de repos, elle se lève pour préparer son linge sale qu'elle descend au sous-sol, où se trouve la machine à laver. Elle règle le programme sur « couleurs et basse température » et retourne au salon pour passer l'aspirateur. Tandis que le ronflement de l'appareil fait fuir le chien, pour l'éviter, elle se cogne à la table, renversant un vide-poche où elle dépose habituellement ses bagues, aspirées, elles disparaissent dans le sac à poussière.

« Il ne manquait plus que cela ! Quelle maladresse ! »

Elle débranche l'appareil, ôte le sac au-dessus de l'évier et fouille dans la poussière accumulée pour retrouver ses bagues. Ouf !

« J'aurais pu les chercher partout ! J'aurais encore cru qu'un esprit malin les avait subtilisées ! » se dit-elle en souriant.

Le ménage terminé, elle range l'aspirateur dans le placard à balais. La machine à laver s'est arrêtée, elle redescend au sous-sol et sort le linge. Quelle surprise de voir que les dimensions des vêtements ont diminué de moitié. La catastrophe !

« Comment ai-je fait ? J'avais pourtant réglé sur une basse température. C'est la première fois qu'une telle mésaventure m'arrive. Tous ces vêtements sont fichus ! J'étais pourtant sûre du réglage, mais inutile de me lamenter, il n'y a rien à faire ».

Un peu avant dix-sept heures, elle se prépare pour aller au cinéma. La salle, qui peut accueillir une centaine de spectateurs dans des fauteuils rouges confortables, est équipée d'un ascenseur pour les personnes à mobilité réduite. Sur la porte vitrée, ce n'est pas « Le Quatuor » qui est affiché, mais un film d'animation pour enfants.

« Ce n'est pas possible, pourtant j'ai bien lu le programme de ce jour. Est-ce que par hasard je me serais trompée de semaine ? Il faut que j'aille vérifier ».

Mécontente, elle retourne chez elle d'un pas nerveux. Le programme qu'elle a laissé sur la table du salon est celui de la semaine suivante. En levant les yeux, elle aperçoit le masque au mur, affichant un sourire narquois.

– Qu'est-ce qui m'arrive depuis que tu es là ! Je perds ma concentration, je fais n'importe quoi ! Pourquoi me tortures-tu à ce point ? Que t'ai-je fait ? s'exclame-t-elle, exaspérée.

Elle soupire, consciente que sa journée a été parsemée de maladresses et de contretemps. Assise sur le canapé, elle réfléchit à tout ce qui s'est passé, se demandant si ce masque n'était pas réellement porteur d'une sorte de malédiction ou s'il ne s'agissait que de sa propre distraction exacerbée par la fatigue. Quoi qu'il en soit, elle décide de ne pas se laisser abattre et de reprendre le contrôle de sa journée.

Chapitre 14
L'hypnotiseur

Le dimanche, dès 15 heures, elle se rend à la salle de spectacle où Pascale lui a donné rendez-vous à l'occasion du passage d'un hypnotiseur renommé. La curiosité de Jess est piquée au vif : s'agit-il d'un véritable maître de l'hypnose ou d'un simple charlatan ? En arrivant, elle constate qu'une soixantaine de personnes sont déjà en place, assises face au rideau noir de la scène qui rappelle un catafalque, ajoutant une atmosphère funèbre à l'événement.

Les lumières s'éteignent brusquement, plongeant la salle dans une obscurité totale. Un silence angoissant s'installe, alors que le public retient son souffle. Soudain, un projecteur s'allume, illuminant le visage de l'hypnotiseur. Ses yeux bleus, immenses et perçants, semblent pénétrer l'âme de chaque spectateur. Son regard hypnotique, fascinant et inébranlable, capture immédiatement l'attention de tous.

Sa voix s'élève alors, puissante et dominatrice, remplissant la salle. Il ordonne :

– Regardez-moi dans les yeux, serrez fort vos mains en croisant les doigts.

Les spectateurs s'exécutent avec une application presque mécanique, leurs regards fixés sur l'hypnotiseur.

– À présent, desserrez vos doigts.

La plupart y parviennent aisément, sauf quatre personnes dont Jess fait partie. Leurs doigts semblent comme soudés, incapables de se séparer.

– Rejoignez-moi, dit l'hypnotiseur à ces personnes, nous allons faire une expérience.

Jess, accompagnée des trois autres, monte sur scène, intimidée par l'attention soudaine du public. L'hypnotiseur commence par Jess, son regard toujours aussi intense.

– Regardez-moi dans les yeux, votre corps à l'oblique va tomber en arrière, mais ne craignez rien, je suis là.

Sous l'effet du regard intense et de la voix assurée de l'hypnotiseur, Jess commence à vaciller. Son corps se raidit comme une planche et tombe doucement en arrière. Bientôt, elle se retrouve allongée sur le sol, obéissant à des ordres divers. À son commandement, elle lève une jambe, puis un bras. Elle se sent complètement sous son emprise, incapable de discerner si elle exécute ses ordres par volonté propre ou par une force extérieure irrésistible.

Chaque geste qu'elle accomplit semble amplifier le silence impressionné de l'audience. L'hypnotiseur continue de lui donner des instructions avec une autorité tranquille, chaque mot renforçant son pouvoir sur elle. Jess est submergée par une étrange sensation de bien-être mêlée de perplexité. Elle réalise que, pour la première fois, elle éprouve une perte totale de contrôle, une soumission à une volonté étrangère, qui la trouble profondément.

Alors qu'elle exécute les derniers gestes sous l'influence de l'hypnotiseur, Jess se demande ce que cette expérience révélera sur elle-même, sur la nature du pouvoir de l'hypnose, et sur l'homme fascinant qui se tient devant elle, un sourire mystérieux sur les lèvres. La salle, suspendue à chaque mouvement et chaque mot, semble retenir son souffle, capturée dans le même sortilège qui enchaîne Jess.

Les expériences se poursuivent avec les autres figurants.

– Vous avez très chaud, dit-il à l'un d'eux, vous transpirez.

Effectivement, l'homme rougit tandis que de grosses gouttes de sueur perlent à son front. Il se tortille sur la chaise et commence à ôter sa cravate, puis sa chemise. Le public éclate de rire, mais lorsque l'homme se retrouve torse nu, l'hypnotiseur commande :

– À présent, réveillez-vous.

L'homme, surpris de se retrouver en telle tenue sur scène, se précipite sur ses vêtements qu'il renfile à la hâte. De retour à sa place dans la salle, son épouse explose :

– Tu n'as pas honte de faire ainsi le clown ! Si j'avais su, je ne serais pas venue.

– Mais je ne me suis rendu compte de rien, j'étais endormi.

À la sortie, certains se précipitent vers Jess :

– Est-ce que tu faisais les gestes volontairement ? demandent-ils, curieux.

– Non, j'entendais sa voix qui me disait de lever un bras puis une jambe et je ne pouvais pas lui résister. C'était singulier. En tout cas, j'ai très mal au crâne et je vais rentrer chez moi prendre un cachet d'aspirine.

Effectivement, elle n'est pas dans un état normal. Elle ressent des vertiges et tombe sur son lit. Tout tourne autour d'elle. Le masque lui apparaît en double, en triple, en quadruple exemplaires, ricanant et faisant une ronde sur le mur. Son cœur bat la chamade. Les ricanements résonnent encore dans ses oreilles, comme un écho inquiétant de ce qui s'est passé plus tôt dans la soirée. Elle entend le masque lui dire « lève une jambe, lève un bras ». Elle résiste à ses ordres puis finit par les exécuter en soupirant.

L'image du masque ricanant s'estompe peu à peu, laissant place à une obscurité silencieuse et réconfortante.

Chapitre 15

La chorale

Le lendemain matin, un rayon de soleil filtrant à travers les rideaux entrouverts la réveille en douceur. Étonnée de se trouver encore vêtue de ses habits de la veille, elle se redresse lentement. Les volets des fenêtres n'avaient même pas été fermés, laissant la lumière envahir la pièce. Elle attrape son téléphone sur la table de nuit, presque dix heures. Comment a-t-elle pu dormir aussi longtemps ? Serait-ce à cause de la séance d'hypnose de la veille ? Elle se lève, les muscles encore engourdis par le sommeil et se dirige vers la cuisine pour préparer un café bien corsé, son indispensable élixir matinal.

Avant de s'asseoir pour le savourer, elle se rend à sa boîte à lettres où son journal quotidien l'attend sagement. Ce rituel est essentiel pour bien commencer la journée. En dépliant le journal, elle feuillette rapidement les pages pour lire les dernières nouvelles locales et nationales, elle aime se tenir au courant des faits du quotidien. Enfin, elle s'attaque aux mots croisés, pour faire travailler sa mémoire, un petit plaisir matinal qui, une fois résolu, lui donne le sentiment que la journée sera belle. Après avoir terminé sa grille, elle consulte son pense-bête où sont notées les principales tâches de la semaine.

Vers 14 heures, elle se prépare pour le cours de dessin, qu'elle apprécie pour son ambiance chaleureuse et conviviale. Aujourd'hui, l'animatrice a choisi le thème de l'Afrique et elle a apporté plusieurs photos de masques de différentes ethnies, ajoutant une touche d'exotisme et d'histoire à la séance.

– J'aurais pu vous apporter le mien, s'exclame Jess avec un sourire.

– Va le chercher, ce sera mieux qu'une photo, répond l'animatrice, enthousiaste.

– Entendu, à tout de suite, réplique Jess, avant de se diriger rapidement vers la sortie.

Elle se hâte en voiture pour rentrer chez elle. Elle se rend dans le salon, où trône fièrement le masque africain. Elle monte sur une chaise pour décrocher le précieux objet.

« Nous allons te sortir et t'exposer aujourd'hui », murmure-t-elle avec tendresse, comme si elle s'adressait à une personne.

Le masque en main, elle refait le trajet en sens inverse, impatiente de le partager avec les adeptes du club peinture. Essoufflée, mais rayonnante, elle pose le masque sur la table. La vue de l'objet suscite immédiatement des exclamations admiratives et des commentaires intéressés. La séance prend une tournure encore plus instructive et chacune se laisse inspirer par la beauté et la richesse culturelle de l'Afrique, incarnées dans ce masque.

La journée continue de se dérouler sous de bons auspices, marquée par des moments de partage et de créativité. Les discussions autour des masques, des traditions et des histoires liées à ces objets d'art captivent l'audience, rendant ce cours de dessin encore plus spécial. Jess ressent une profonde satisfaction, heureuse d'avoir pu contribuer à cette ambiance si particulière.

Au bout d'une heure, elles ont terminé et exposent les résultats sur la table. Alors qu'il s'agit du même modèle, les résultats diffèrent de manière frappante. Chez l'une, sa bouche esquisse un sourire énigmatique, chez une autre un rictus inquiétant ; parfois il semble pacifique, presque bienveillant, alors que dans d'autres dessins, il apparaît furibond, voire méchant.

– C'est incroyable, aucune ne l'a vu de façon identique. On dirait qu'il a le pouvoir de changer de visage suivant la personne qui le dessine.

– Oui, en effet.

Le silence s'installe autour du mystérieux masque dans une atmosphère chargée de curiosité et de légère appréhension.

– Où l'as-tu trouvé ? demande l'une des participantes.

– Je l'ai acheté le jour de la brocante.

– Sais-tu à qui il a appartenu ? poursuit une autre.

– Non, je n'ai pas demandé sa provenance au vendeur, répond-elle, un peu hésitante.

– Peut-être a-t-il servi pour des cérémonies initiatiques, suppose une autre, pensive.

– C'est probable, ajoute l'animatrice. J'ai connu des amis qui revenaient du Sénégal avec des objets africains.

– Ont-ils remarqué des changements dans leur habitation par la suite ? interroge Jess, la voix teintée d'une inquiétude mal dissimulée.

– Pas à ma connaissance, pourquoi cette question ? répond l'animatrice, intriguée.

– Pour rien, dit Jess embarrassée, détournant le regard.

Elle n'a pas envie de raconter les petits méfaits qui se sont produits la semaine précédente ; ses amies se moqueraient d'elle. Elle n'en dira rien, mais l'ombre d'un doute persiste en elle, quand l'une évoque des légendes de masques porteurs de malédictions ou de pouvoirs surnaturels.

– Peut-être devrions-nous en savoir plus sur ce masque, propose finalement l'animatrice, brisant le silence pesant. Il serait intéressant de connaître son histoire, et pourquoi il semble si... changeant.

Jess ne répond pas.

Et la séance de dessin se termine comme à l'accoutumée par un goûter et une boisson.

– À lundi prochain, se lancent-elles au départ.

Le soir, comme chaque semaine, Jess se rend à la répétition de la chorale. Elle aime chanter et fait partie des soprani, par sa voix claire et juste. Sa préférence est marquée pour les chants du Moyen Âge, avec une affection particulière pour les pièces de Claude Gervaise, et pour « l'Ave verum » dont la profondeur spirituelle la touche particulièrement. En revanche, elle se sent moins à l'aise avec les chants en russe, en tchèque ou en zoulou, des langues dont ni la traduction ni la prononciation phonétique ne sont fournies, ce qui conduit chaque choriste à ânonner à sa manière, créant parfois une cacophonie frustrante.

L'ambiance de la chorale est loin de correspondre à ses attentes. Chaque membre arrive, prend sa place, chante, puis repart sans un mot, sans un geste de sympathie. Cette froideur contrarie Jess, qui espérait trouver une communauté chaleureuse et soudée. Le chef de chœur entre en scène et les choristes se lèvent pour échauffer leur voix. Ce soir-là, après avoir fait répéter les soprani, il se tourne vers les alti. Jess, assise au premier rang, attend patiemment et en silence qu'ils aient terminé. Derrière elle, deux pipelettes ne cessent de bavarder. Le chef de chœur, visiblement agacé, se tourne alors vers Jess et dit d'un ton sévère :

– Allez vous cesser vos bavardages !

Jess et ses voisines du premier rang se regardent avec stupéfaction, n'ayant pas prononcé un mot. La répétition reprend avec les alti, mais les bavardes persistent.

– Allez-vous vous taire à la fin ! dit le chef de chœur en fixant Jess dans les yeux.

– Mais je n'ai rien dit, proteste Jess.

– Vous empêchez les alti d'apprendre leur partition, rétorque-t-il.

Il reprend la répétition, tandis que Jess sent la colère monter en elle. Mais, jamais deux sans trois, les bavardes, sûres de leur impunité, reprennent leur conversation, sachant que Jess et ses voisines sont visées.

– Pour la troisième fois, je vous demande de vous arrêter, c'est intolérable à la fin !

– Mais ce n'est pas nous, se risque à dire Jess.

– Taisez-vous, vous feriez mieux d'apprendre votre partition !

Cette fois, c'en est trop. Jess ferme son classeur, enfile sa veste et sort sans donner d'explication. Elle rentre chez elle, furieuse d'avoir subi une telle injustice. Dans la nuit qui l'enveloppe, elle constate avec amertume que personne n'a fait un geste pour la retenir, pas un signe pour l'encourager à rester.

Ce soir-là, elle comprend qu'elle ne reviendra pas à cette chorale. La froideur et l'injustice dont elle a été victime lui ont ouvert les yeux. Elle se promet de chercher un nouvel endroit où elle pourra s'épanouir pleinement dans sa passion pour le chant.

Elle se couche, bien que contrariée par la soirée, elle ne tarde pas à s'endormir, mais son sommeil est agité de cauchemars. Elle voit le visage haineux du chef de chœur apparaître dans ses rêves. Il la fixe méchamment, agitant un doigt accusateur dans sa direction. Puis son visage noircit et se transforme en un masque hideux, semblable à celui qui se trouve dans son salon et qui ricane.

Elle se réveille en sursaut, croyant entendre un grand bruit. L'attitude du chien qui dresse les oreilles prouve qu'il ne s'agit pas d'une hallucination auditive. Elle se lève. Dans le salon, le masque s'est décroché du clou qui le portait, il est tombé sur le buffet en cassant, un ange, un bibelot auquel elle tenait beaucoup.

Chapitre 16
L'invitation

Le samedi matin, tandis qu'elle arrose méticuleusement son bonsaï sur la terrasse ensoleillée, le téléphone se met à sonner, brisant le calme ambiant. Le cœur battant, elle se précipite à l'intérieur pour décrocher le combiné : « Allô ! Allô ! Qui est à l'appareil ? » Un souffle indistinct lui répond, accentuant son angoisse. Elle réitère sa demande, la voix tremblante. Devant le silence persistant, elle raccroche brutalement, la main tremblante.

« Qui peut m'appeler ainsi ? Quelqu'un qui vérifie si je suis là... Pourquoi ne serait-ce pas lui, qui serait revenu ? » pense-t-elle, le cœur lourd de souvenirs douloureux.

Quelques minutes plus tard, la sonnerie retentit à nouveau, perçant le silence de la maison. Hésitante, elle se demande si elle doit répondre ou non.

Finalement, elle décroche.

Une voix monotone et robotique résonne à l'autre bout du fil :

« Allô ! C'est pour une enquête de routine. Êtes-vous bien propriétaire de votre habitation ? »

– Non, vous faites erreur, répond Jess, avant de raccrocher sans attendre davantage. Elle reste un moment immobile, la tension montant en elle.

Dix minutes passent dans une tranquillité trompeuse, puis le téléphone sonne de nouveau. Jess pousse un profond soupir avant de décrocher.

« Bonjour, c'est pour une enquête sur l'isolation. Avez-vous des fenêtres à double vitrage ? »

– Oui, j'ai tout ce qu'il faut. Au revoir ! dit-elle sèchement, mettant fin à l'appel avec une exaspération croissante.

« Ces gens ont du temps à perdre pour me harceler tous les jours de la sorte ! » maugrée-t-elle à voix haute, son esprit déjà envisage la possibilité de changer de numéro de téléphone si ces appels persistent.

À ce moment précis, la sonnerie de la porte d'entrée résonne, inattendue et intrusive. Jess, prise de court, enfile une veste chaude et sort dans le couloir, son regard scrutant l'obscurité. « Qui est là ? » demande-t-elle d'une voix forte, mais seul l'écho de ses mots lui répond. Pas une âme en vue.

« Sans doute des enfants facétieux pour me faire enrager », soupire-t-elle en retournant à l'intérieur, son irritation légèrement atténuée par le froid de la nuit. Elle referme la porte derrière elle, le cœur lourd d'être la cible de l'incivilité des enfants se demandant ce que la prochaine sonnerie lui réservera.

Le téléphone sonne à nouveau. La voix tendue, elle répond, agressive :

« Allô ! Qui êtes-vous, répondez ! » dit-elle avec une pointe de nervosité.

À sa grande surprise, c'est la voix familière de sa fille qui se fait entendre :

– C'est toi, maman ? Tu me parais bien nerveuse, que se passe-t-il ? Tu n'as pas oublié que je t'attends pour dîner ce soir ?

– Bonjour... je t'expliquerai plus tard. Cela m'était complètement sorti de la tête. Heureusement que tu me l'as rappelé, répond Jess, soulagée. Veux-tu que j'apporte un dessert ?

– Ce ne sera pas la peine, j'ai tout ce qu'il faut. Vers 19 h, ou avant, comme tu voudras.

La journée se passe sans événement particulier et la voilà joyeuse d'aller retrouver sa fille en son moulin.

Il est bientôt dix-huit heures trente. En consultant sa montre, elle se dit qu'elle a le temps de sortir la poubelle pour le passage des éboueurs du lendemain. Tandis qu'elle ouvre le portail électrique avec la télécommande, elle tourne le dos à la rue en faisant rouler la boîte à ordures. À ce moment, une voiture passant à toute allure, manque de l'écraser : « Chauffard ! crie-t-elle, furieuse. Et la limitation de vitesse, alors ? » Puis elle pense « serait-ce lui, qui cherche à m'éliminer ? Mon départ définitif arrangerait plutôt ses affaires, il pourrait se remarier. Quel salaud ! »

Elle referme le portail en bougonnant et se rend dans sa chambre pour se préparer. Elle s'habille d'un pantalon noir élégant et d'un T-shirt vert. Elle se coiffe et se maquille pour cette circonstance. Elle veut plaire à sa fille en lui montrant qu'elle n'est pas encore une croulante la cinquantaine passée. En regardant machinalement par la fenêtre, elle aperçoit un énorme chien noir dans l'allée du jardin.

« Comment ce chien a-t-il pu rentrer ? Certainement quand je sortais la poubelle. Il n'a pas sauté par-dessus le portail tout de même ? Heureusement Ralph n'était pas dehors, le gros n'en aurait fait qu'une bouchée », murmure-t-elle, inquiète.

Le chien a disparu, probablement caché quelque part dans le verger. « Il faut le faire sortir de l'enclos, mais comment ? » s'interroge-t-elle. « S'il m'aperçoit, il me prendra pour une intruse et il risque de m'attaquer. Je ne ferai pas le poids face à ce fauve. »

Munie d'un balai comme arme dérisoire, elle se risque timidement dans le jardin. Elle cherche partout : près de la cabane, à l'intérieur, sous la haie, mais pas de chien en vue. « S'il était là, je le verrais, il est assez gros. Le portail est bien trop haut pour qu'il ait pu sauter. » Jess ne comprend pas et se demande si elle n'a pas eu des hallucinations. « Je suis sûre de l'avoir vu, je ne suis pas folle. »

Elle s'interroge à voix haute : « Y a-t-il un trou dans la haie ? Il faut que j'aille vérifier. » Elle sort sur la place et longe le grillage, qui ne laisse apparaître aucun passage.

– Vous avez perdu quelque chose ? interroge sa voisine, curieuse.

– Un énorme chien noir est entré dans mon jardin, savez-vous à qui il appartient ?

– Quel chien ? Je n'ai jamais vu de chien noir dans le quartier.

Inquiète et perplexe, Jess rentre chez elle, hochant la tête. Ses pensées tourbillonnent alors qu'elle essaie de comprendre cette étrange apparition. En regardant sur la place, elle voit, avec soulagement, une femme qui, une laisse à la main, appelle son chien. À ce moment même le chien noir vient vers elle en courant, ce n'était pas une hallucination, le chien est bien réel. Voilà Jess pleinement rassurée, car depuis quelque temps les singuliers événements qui ponctuent son quotidien, la font douter de sa raison.

À dix-neuf heures, elle prend sa voiture pour se rendre chez Charlotte, dans le moulin au bord de la rivière. Entourée de chênes centenaires, la bâtisse est invisible depuis la route. Un portail en fer forgé marque l'entrée de l'allée sinueuse qui descend vers l'habitation. Charlotte attend sa mère sur les marches de l'escalier, un sourire chaleureux sur le visage.

– Je me suis attardée pour mettre ma poubelle devant la porte pour le ramassage des ordures, explique Jess.

– Comment ? s'étonne Charlotte, demain c'est samedi, le camion des poubelles passe le vendredi. Tu devras attendre jusqu'à mardi prochain.

– C'est incroyable, dit Jess, comment ai-je pu me tromper sur le jour de la semaine ?

Charlotte remarque que depuis quelque temps, les « étourderies » de sa mère se multiplient.

« Il faudra que je surveille cela avec attention désormais », pense-t-elle, une ombre d'inquiétude traversant son regard.

Le repas se déroule agréablement ; Charlotte a préparé une surprise en faisant griller des châtaignes, puisque la saison commence à peine.

– Cela me fait plaisir, je n'en ai pas mangé depuis longtemps.

– Veux-tu passer la nuit ici ? Le lit est prêt, propose Charlotte.

– Volontiers, j'accepte. Cela me changera les idées. Depuis le départ de ton père, je me sens souvent seule le soir.

Elle se mord les lèvres, réalisant que c'est la première fois qu'elle évoque Fred devant sa fille. Pour détourner la conversation de ce sujet sensible, Charlotte reprend :

– J'ai lu dans le journal un accident regrettable. Un cycliste a été agressé par un taureau alors qu'il passait sur un chemin longeant un pré. La bête a sauté par-dessus la clôture et l'a attaqué, le projetant avec ses cornes avant de le ramener dans son enclos. Le cycliste est mort sur le coup.

– Cet incident me rappelle une partie de golf un peu spéciale où les joueurs devaient se déguiser. Ton père avait choisi un costume de matador. Avec son habit de lumière, le bicorne et la cape rouge, il faisait sensation, dit Jess avec un sourire nostalgique.

Charlotte, qui connaît déjà cette anecdote, laisse sa mère la raconter sans l'interrompre. Elle constate que Jess n'a aucun trou de mémoire, ce qui la rassure quelque peu.

– Tu sais, continue Jess, j'ai parfois l'impression qu'il est tout proche et qu'il rôde autour de moi. C'est lui qui dérange mes affaires à la maison, qui allume le gaz et la télé en mon absence. C'est encore lui qui m'a appelée tout à l'heure au téléphone sans répondre. C'est peut-être lui qui dort dans la cabane.

– Mais non, maman, tu te fais des idées. S'il était revenu, je le saurais, répond Charlotte doucement.

Alors, Charlotte pense que sa mère commence à divaguer. Elle s'interroge :

« Serait-ce une conséquence de sa vie en solitaire ? Pourtant elle fréquente des associations, elle voit des amis. Il faudra que je la surveille et savoir ce qu'il en est de son état d'esprit, et pourquoi pas consulter un gérontologue ? »

Elles passent néanmoins un bon dimanche ensemble, ce qui apaise un peu les craintes de Charlotte qui la regarde partir au volant de sa voiture avec l'espoir que ses moments de confusion ne soient que passagers.

Chapitre 17
Chez le docteur

Le lendemain, le temps s'annonce exceptionnel pour ce début de semaine. Jess se prépare pour son rendez-vous chez le médecin à 9 heures précises. Soucieuse de ne pas être en retard, elle quitte la maison quelques minutes à l'avance. Arrivée à la maison de santé, elle est surprise de constater que la salle d'attente est encore déserte. Un silence inhabituel règne et la secrétaire est introuvable. Jess jette un coup d'œil à sa montre, persuadée qu'elle est à l'heure. Mais pourquoi ce vide ?

Soudain, la secrétaire arrive, un sourire aux lèvres.

– Bonjour, vous arrivez trop tôt pour votre rendez-vous, le docteur n'a pas encore commencé ses consultations.

– Comment, mais il est bientôt 9 heures, réplique Jess, incrédule.

La secrétaire rit doucement.

– Vous faites erreur. Vous avez oublié de changer l'heure à votre montre. Actuellement, il est 8 heures ; il fallait reculer d'une heure comme tous les ans à la même époque. Samedi, c'était annoncé sur toutes les chaînes de télévision. Vous allez attendre encore une heure. Vous feriez bien de rentrer chez vous et de revenir plus tard.

Jess est confuse. « Comment n'ai-je pas pensé à changer l'heure de ma montre ? Charlotte aurait dû me le rappeler, car en Afrique on ne changeait pas d'heure. »

Elle retourne chez elle, contrariée, mais résolue à remettre toutes les pendules à l'heure. Chaque pièce abrite une horloge, chacune avec son propre tic-tac distinct, créant une symphonie de temps dans la maison. Ensuite, elle retourne au cabinet médical, espérant cette fois que sa visite ne sera pas inutile.

À son arrivée, la salle d'attente est maintenant remplie de patients. Jess, peu encline à engager des conversations avec des inconnus, s'empare d'une revue et feint de lire. Parler pour ne rien dire avec des étrangers lui pèse et elle préfère éviter ces échanges sans intérêt.

Cependant, ses oreilles restent attentives aux discussions environnantes. Une voix s'élève, racontant un incident survenu lors de la fête d'un village voisin. Les jeunes, cherchant à s'amuser de manière idiote, avaient décidé de retirer les essuie-glaces des voitures garées. Le garagiste local, bien que ravi de l'afflux de travail, devait désormais remplacer ces équipements dérobés.

– Oui, c'est tout de même embêtant, répond une autre voix. Ils ne savent plus quoi faire de leurs dix doigts !

Jess écoute sans en avoir l'air, sentant monter en elle une légère angoisse. Si elle osait, elle sortirait immédiatement pour vérifier ses essuie-glaces, mais c'est bientôt son tour. Elle se rassure en se disant que les jeunes auraient difficilement pu atteindre sa voiture dans son garage fermé.

La porte du cabinet s'ouvre enfin et le docteur l'invite à entrer. D'un pas hésitant, elle se lève, laissant la revue retomber sur la table basse, et se dirige vers le médecin.

– Bonjour, Madame, dit le docteur avec un sourire accueillant. Comment vous sentez-vous ?

Jess soupire légèrement, la tension de la matinée se dissipant lentement.

– Un peu confuse, pour être honnête. J'ai oublié de changer l'heure à ma montre, alors je suis arrivée trop tôt...

Le docteur éclate de rire.

– Vous n'êtes pas la première à faire cette erreur, ne vous inquiétez pas. Allez, racontez-moi ce qui ne va pas.

Jess se détend un peu et explique les raisons de sa visite, espérant que cette journée, commencée par une erreur d'horaire, se terminera sur une note plus positive.

– Votre carte vitale ? demande-t-il.

Jess fouille dans toutes les poches de son sac, cherchant fébrilement la pièce la plus importante pour accéder à tout acte concernant la santé.

– Veuillez m'excuser, mais j'ai dû me tromper de sac en quittant la maison, dit-elle, légèrement honteuse.

– On s'en passera. Qu'est-ce qui vous amène ? demande-t-il avec une pointe de bienveillance dans la voix pour masquer son agacement.

– C'était pour l'injection du vaccin antigrippal, mais il était aussi dans l'autre sac, quelle étourderie ?

Elle se mord la lèvre inférieure, se demandant désespérément comment elle a pu se tromper de sac en confondant le noir avec le beige.

– Voulez-vous m'accorder un autre rendez-vous après votre dernier patient ?

– Venez, je vais tout de même vous ausculter et prendre votre tension, dit le docteur en se levant.

Il se rend compte du trouble de Jess, qui semble ailleurs aujourd'hui. Il la trouve plus désorientée que d'habitude. Il l'invite à s'asseoir sur la table d'examen, ajustant le brassard pour mesurer sa tension.

– La tension est correcte, annonce-t-il après un moment. Avez-vous des troubles de mémoire ?

– Pas que je sache. Quelquefois, j'égare des objets sans me souvenir où je les ai rangés, admet-elle, le regard fuyant.

– Cela vous arrive souvent ?

– Oui, depuis quelques jours, répond-elle, réfléchissant aux nombreux incidents récents.

– Il faudra examiner cela sérieusement la prochaine fois. Avez-vous fait la prise de sang que je vous avais prescrite concernant le taux de glucose ?

– Je dois me rendre demain au centre de soins infirmiers, répond Jess, tentant de montrer qu'elle garde malgré tout un certain contrôle.

– Vous ferez faire le vaccin antigrippal par la même occasion, ajoute le docteur avec un sourire rassurant.

Alors qu'elle rajuste ses vêtements, il demande à brûle-pourpoint :

– Quelle est la date de ce jour ?

– Nous sommes lundi, mais je n'ai pas en tête le chiffre exact du jour. C'est grave Docteur ?

Sans répondre à sa question, il réfléchit et lui demande :

– Accepteriez-vous un rendez-vous avec un gérontologue du centre de réadaptation.

– Si vous le jugez nécessaire pourquoi pas ?

Elle ne se pose pas de questions sur le motif d'un nouveau rendez-vous avec un autre praticien. Mais si son médecin le propose…

– Je rentre chez moi et je retourne immédiatement auprès de votre secrétaire avec la carte vitale et le règlement de la consultation.

– Prenez votre temps, rien ne presse.

Le médecin semble inquiet en la raccompagnant jusqu'à la porte. Jess, quant à elle, se dit que ce changement d'heure ne lui réussit décidément pas. Cependant, en reprenant son véhicule, elle n'oublie pas de vérifier ses essuie-glaces et constate avec soulagement qu'ils sont bien à leur place. Elle prend une profonde inspiration et se promet de mieux s'organiser, mais elle se souvient parfaitement avoir mis les papiers nécessaires à la consultation dans le bon sac, est-ce que quelqu'un l'aurait changé de place pour l'induire en erreur ?

Tout en conduisant prudemment vers chez elle, Jess réfléchit à ces dernières semaines où les incidents se sont multipliés. Elle pense aux clés trouvées dans le réfrigérateur, à son téléphone dans la boîte aux lettres, au cirage dans l'armoire de toilette, aux mauvais réglages de sa machine à laver le linge, etc. Une inquiétude sourde commence à poindre, une crainte que ces faits ne soient pas simplement le résultat de la fatigue ou du stress, mais d'une tierce personne décidée à lui pourrir la vie. Va-t-elle se décider à faire installer des caméras de surveillance ? Elle hésite encore avec la crainte de ce qu'elle risque de découvrir.

Elle a vite fait de rentrer et de retrouver le sac noir dans le couloir. Elle vérifie que tout y est, mais avant de retourner au cabinet médical, elle note sur son agenda le rendez-vous avec le gériatre pour le vendredi à 14 h 30.

Au retour pour revenir chez elle, elle emprunte la rue de l'Égalité. Soudain, une silhouette familière qui ressemble à Fred, attire son regard. C'est lui, elle en mettrait sa main au feu. Elle stoppe sa voiture sur le parking du cimetière et en descend précipitamment. Elle presse le pas pour le rattraper, mais, en arrivant au bout de la rue, elle a beau regarder à droite, à gauche, il a disparu.

Profondément troublée par cette apparition, Jess en oublie sa voiture. Elle ne cesse de penser à Fred : « Serait-il dans les parages ? Pourquoi ne vient-il pas me voir ? Pourquoi me fuit-il ? Peut-être est-il allé par là. »

Elle marche vers la Planquette, perdue dans ses suppositions. « Peut-être va-t-il chez Charlotte ? » Elle s'arrête, le cœur battant, cherchant désespérément des réponses à ses questions. Ensuite, elle pense qu'elle doit rejoindre sa voiture et parcourt le chemin en sens inverse, mais la voiture n'est plus là.

« Est-ce qu'on me l'aurait volée ? C'était facile, j'avais laissé les clefs sur le contact. Quelle imprudence ! Comment vais-je faire sans voiture ? »

Elle retourne chez elle, bien décidée à appeler la gendarmerie.

Mais, stupéfaction, la voiture l'attend devant le portail. « Qui a pu la déplacer et la ramener ici ? Quelqu'un qui connaît ma voiture, sa propriétaire et son domicile. Enfin l'essentiel c'est qu'elle soit là », pense-t-elle soulagée.

Voilà un nouveau mystère à élucider ! »

À présent, elle cherche sur Internet la définition de gériatre. Voilà ce qu'elle lit :

« La gériatrie concerne généralement les personnes de plus de 70 ans, mais il est possible aussi de croiser des patients plus jeunes dans les cabinets de gériatrie. Ainsi, il est conseillé de consulter un gériatre en cas : de vieillissement des sens (mauvaise audition, malvoyance…) de maladie neurologique ou d'altération de la mémoire (de type Alzheimer), de fragilisation des os ou d'usure des articulations. Cette médecine de la longévité se consacre à l'étude et au traitement des maladies liées au vieillissement. La discipline a pour objectif de ralentir la progression de la maladie, de prévenir le déclin fonctionnel et de rétablir l'autonomie et l'indépendance du sénior.

« Quelle foutaise ! s'exclame-t-elle, je n'ai même pas 60 ans et je me trouve en excellente forme. Est-ce qu'il est possible d'empêcher les gens de vieillir ? C'est du charlatanisme ! Je n'aurais pas dû accepter le rendez-vous ! Quelle perte de temps ! Et si je l'annulais ? »

Puis elle poursuit plus avant ses recherches sur Internet et finalement, se montre satisfaite du résultat. « J'attends ce rendez-vous avec impatience ! » dit-elle avec un sourire malicieux.

Chapitre 18
Aggravation de la situation

Lorsque Charlotte est passée chez sa mère en fin d'après-midi, pour prendre des nouvelles, Jess lui a raconté l'épisode du matin.

– Tu as oublié de me dire qu'il fallait changer d'heure et je suis arrivée une heure en avance chez le médecin.

– Excuse-moi, maman de ne pas te l'avoir rappelé, où avais-je la tête ?

Jess lui fait le compte rendu détaillé de sa matinée sans omettre qu'elle s'était trompée de sac et de la voiture déplacée.

– Comment veux-tu que quelqu'un se permette de déplacer ta voiture ?

– Pourtant c'est vrai.

– C'est toi qui l'as garée devant ta porte et tu ne t'en souviens pas.

Cette remarque contrarie visiblement Jess qui comprend que sa fille met sa parole en doute. Pour lui montrer son mécontentement, elle lui dit sèchement bonsoir et se réfugie dans sa chambre.

Charlotte décide de passer la nuit chez sa mère. Elle s'inquiète, ne serait-elle pas en train de perdre la mémoire ? Elle s'allonge sur le lit, sans le défaire, prête à bondir au moindre appel. Le silence pesant de la maison amplifie son anxiété. Elle ne dort que d'une oreille, attentive au moindre bruit, chaque craquement semblant contenir une menace invisible. Soudain, des pas crissent sur le gravillon de l'allée. Un frisson glacé lui parcourt l'échine. « J'ai dû oublier de fermer la porte du jardin, se dit-elle, mais qui peut venir à une heure aussi tardive ? » Le chien n'a pas bronché, ce qui l'inquiète davantage.

Elle se lève prudemment, éclaire le couloir d'une lumière vacillante, puis allume la lampe sur la terrasse et sort bravement dans la nuit noire. « Qui est là ? » appelle-t-elle d'une voix tremblante. Personne ne répond. L'obscurité semble avaler ses mots. Elle avance avec précaution, chaque ombre paraissant abriter une présence. Finalement, elle referme la porte du jardin à clé, en se murmurant à elle-même : « Lorsque maman m'a raconté qu'elle avait entendu des pas, peut-être n'avait-elle pas tout à fait tort. »

De retour à l'intérieur, elle verrouille soigneusement chaque accès, son esprit encore embrouillé par l'incident. « Je vais ouvrir l'œil », dit-elle en s'étendant à nouveau sur le lit, sa vigilance décuplée. Soudain le téléphone sonne dans le salon, elle s'y précipite. Quand elle décroche et dit « Allô » ? Seule une forte respiration lui répond à l'autre bout du fil. Charlotte songeuse se dit « est-ce que ma mère aurait raison ? »

Le lendemain matin, les premières lueurs de l'aube filtrent à travers les rideaux. Charlotte, les yeux cernés par une nuit quasi blanche, découvre sa mère à la cuisine, installée devant une tasse de café fumante, l'air serein, elle lève les yeux et lui sourit :

– Ah ! Tu es là, tu as dormi ici finalement ?

– Oui, j'avais envie d'être auprès de toi, répond Charlotte, essayant de dissimuler son inquiétude derrière un sourire forcé.

Jess semble tout à fait normale ce matin, dissipant en partie les craintes de Charlotte. « Ce n'était qu'un mauvais passage », se dit-elle en se préparant un café. À ce moment, le téléphone sonne, brisant la quiétude apparente. Charlotte devance Jess pour décrocher le combiné.

– Allô ? Bonjour, je suis le docteur. Comme je passe dans le quartier, je viens voir comment va votre mère.

– Venez, je vous attends.

– Qui c'était ? demande Jess, une ombre de curiosité dans le regard.

Charlotte ne répond pas immédiatement, tentant de dissimuler sa nervosité, et se rend au-devant du médecin.

– Bonjour, docteur.

Tandis qu'ils traversent le jardin, Charlotte le met au courant de la situation :

– Ma mère semble avoir perdu subitement la mémoire. Hier, elle a prétendu avoir garé sa voiture dans la rue de l'Égalité et qu'elle l'avait retrouvée devant chez elle, quelle absurdité !

Le docteur, fronçant les sourcils, écoute attentivement.

– Oui, effectivement, quand je l'ai vue hier, elle ne semblait pas dans son état normal. Elle avait oublié sa carte vitale et son vaccin. Je pensais vous en parler. A-t-elle subi un choc ? A-t-elle vu quelqu'un en particulier qui aurait pu la contrarier ? Vous a-t-elle parlé du rendez-vous avec le gériatre vendredi prochain ?

– Non je n'étais pas au courant, répond Charlotte consciente de la gravité de la situation mentale de sa mère.

Charlotte le conduit jusqu'à la cuisine. Jess, surprise, se lève à son entrée :

– Bonjour, Docteur, quel bon vent vous amène ? Vous prendrez bien une tasse de café ?

Le docteur semble surpris par son attitude, ses yeux scrutant chaque détail, à la recherche de témoins visibles de détérioration. Jess, souriante et accueillante, ne montre aucun signe de la confusion dont Charlotte a parlé. Cette apparente normalité accroît son angoisse, l'ombre d'un doute s'insinuant dans son esprit. La journée commence, lourde de questions sans réponses, chaque instant imprégné d'une tension sourde.

– J'étais de passage dans le quartier et je suis venu prendre de vos nouvelles. Avez-vous retrouvé votre carte vitale et le vaccin ?

– Oui, ils sont sur la table de la cuisine, votre secrétaire aurait dû vous dire que j'étais passée juste après la visite.

– Elle aura oublié.

– A-t-elle des pertes de mémoire ? ajoute Jess malicieusement.

Le docteur embarrassé poursuit :

– Vous allez bien ce matin ?

– Oui parfaitement, comme les autres jours d'ailleurs, j'ai une santé de fer, qui a pu vous faire croire que ça n'allait pas ? C'est ma fille, je suppose. Elle a hâte de me voir partir pour prendre possession de mes biens.

Charlotte, sur le pas de la porte, se précipite pour intervenir :

– Voyons, maman, tu sais que c'est faux. Ma profession me permet de vivre convenablement. Je ne suis pas dans le besoin. Tout ce que je souhaite, c'est te voir en bonne santé.

– Ta ta ta, vous, les enfants, vous êtes tous pareils. Vous attendez la mort des parents pour recueillir l'héritage, n'est-ce pas Docteur ?

– Je vous vois en bonne forme, dit-il en tâtant son pouls. Il prend sa tension et déclare : la tension est normale. Puis, se tournant vers Charlotte, il ajoute :

– Votre mère est en parfaite santé, mais, à voix basse, surveillez-la tout de même. Elle peut avoir des plages de lucidité puis des pertes de mémoire, alternativement. Prenez contact avec l'association qui s'occupe de gérer ces cas.

Charlotte le raccompagne jusqu'à la porte d'entrée.

– Comment est-elle devenue agressive tout à coup ?

– C'est le début de la maladie, il faudra vous y faire. Assistez au rendez-vous chez le gérontologue. Prenez une personne pour la garder, c'est le meilleur conseil que je puisse vous donner et tâchez de trouver rapidement une place au pavillon Alzheimer de la maison de retraite.

Ils n'ont pas vu Jess qui a tout entendu derrière un pilier sur la terrasse.

Avant de rentrer dans la maison, pour cacher son émotion à sa mère, Charlotte va s'asseoir sur le banc du jardin pour faire le point. Elle se demande comment l'état de sa mère a pu se dégrader aussi rapidement. Comment va-t-elle gérer cette situation dramatique et faire face à la maladie si elle ne peut pas la laisser seule ?

Elle se rend compte de la difficulté à trouver une aide fiable pour veiller sur sa mère et pense à tous ceux qui doivent affronter la même situation. Les enfants sont souvent encore actifs professionnellement, ils ont aussi leur propre famille lorsque la santé de leurs parents décline, rendant la gestion de ces responsabilités encore plus complexe. Avec la présence d'un conjoint, le cas est différent, mais Jess est seule et sa fille se demande sur qui elle peut vraiment compter. Elle n'a pas les moyens financiers d'employer une personne à domicile toute la journée pour s'occuper de sa mère, ce qui la pousse à envisager une solution alternative.

Ne voyant pas d'autre issue, elle devra se tourner vers l'EHPAD, espérant que l'établissement pourra proposer une solution pour un accueil temporaire dans l'unité Alzheimer. En parallèle, elle contactera une association de bénévoles spécialisée dans l'Aide aux familles ayant la charge d'une personne âgée dépendante. Cette association offre un soutien précieux : la présence de bénévoles avisés permet aux proches aidants de prendre un peu de répit, sachant que leur parent est en bonne compagnie et entre de bonnes mains.

Les aidants familiaux, formés par des stages avec des professionnels en gériatrie, des psychologues, des infirmiers, des diététiciens et autres experts, sont particulièrement compétents. Ce service permet aux familles de bénéficier, à domicile, de l'aide d'une tierce personne capable de prendre le relais auprès de leurs proches pendant un week-end ou sur plusieurs jours. Jusqu'à présent, Charlotte n'avait pas prêté d'attention particulière à ces nouvelles associations qui visent à permettre aux personnes âgées de demeurer chez elles le plus longtemps possible. Elle réalise maintenant combien il est important de maintenir les personnes âgées dans un environnement familier, où elles peuvent conserver leurs repères et leurs habitudes, retardant ainsi la dégradation de leurs facultés.

En prenant conscience de ces options et de l'aide disponible, Charlotte ressent un soulagement mêlé d'espoir. Elle sait qu'elle n'est plus seule face à cette situation et que des solutions existent pour offrir à sa mère les soins et l'attention nécessaires tout en lui permettant de souffler et de se ressourcer.

Chapitre 19

Chez le gérontologue

Quand elle retourne à la cuisine, sa mère lui dit :

– Ah ! Tu ne travailles pas ce matin.

– Je ne travaille pas ce matin et nous pouvons passer la matinée ensemble si tu veux.

– Je vais acheter des croissants sous la halle et je passerai à la Poste pour prendre le courrier.

– Veux-tu que j'y aille ? propose Charlotte.

– Mais non, cela me fait du bien de sortir et le marchand s'inquiéterait en ne me voyant pas, ajoute-t-elle en riant.

– Tu es sûre que tout va bien ?

– Absolument, mais pourquoi toutes ces questions ? Je n'ai besoin de personne, je ne suis pas encore gâteuse.

– C'était pour te rendre service.

– Pour me rendre service, laisse-moi la liberté d'agir à ma guise.

– Comme tu voudras.

Les jours suivants se passent sans aucun événement particulier. Le vendredi est arrivé. À 14 h 30, elles se rendent au rendez-vous du gérontologue. Charlotte pense que sa mère n'est pas au courant de la fonction du praticien.

Le gérontologue commence :

– Il paraît que depuis quelque temps la confusion s'est installée dans votre esprit et que vous ne savez plus où vous mettez les objets essentiels à votre quotidien.

– Effectivement, cela m'arrive, affirme Jess, mais est-ce que cette consultation m'aidera à les retrouver ?

– Bonne question, répond-il étonné de sa perspicacité. Nous allons faire quelques tests, d'abord quel jour sommes-nous ?

Jess répond sans hésiter aux questions.

– Quelle date ? Quelle année ?

– Vous me prenez pour une débile ? Et pourquoi pas quel siècle !

– Pas du tout, ne vous énervez pas, on continue, voici cinq mots : sauterelle, musée, limonade, passoire, camion, vous aurez à me les rappeler plus tard.

Déjà Jess a fait une phrase mnémotechnique dans sa tête pour s'en souvenir : « Leste comme une sauterelle, je grimpe dans un camion passoire pour aller boire une limonade au musée.

Et le test continue, reproduire un dessin, épeler un mot à l'envers, mettre les heures sur un cadran, à partir de 100 soustraire 7, etc., etc.

– Vous pouvez me rappeler les 5 mots ?

– Bien sûr.

Le test est positif, apparemment tout va bien.

La consultation se termine par un entretien entre sa fille et le gérontologue.

– D'après moi, il n'y a rien de grave, dit Charlotte.

– Ce n'est qu'une apparence.

– Alors à quoi sert ce test qu'elle a réussi avec brio ?

Il ne répond pas. La discussion se poursuit. Mais que préparent-ils dans le dos de Jess ?

De retour à la maison, Jess affirme que c'était du temps perdu et que sa mémoire est intacte. Charlotte de son côté se demande comment elle a pu réaliser ce test sans erreur. Elle a un doute, « est-ce qu'elle connaissait déjà les réponses pour répondre aussi aisément ? »

Soudain Jess lui demande :

– Si tu veux me rendre service, monte sur une chaise et décroche ce masque du mur. Cette nuit, il a rempli mes rêves de cauchemars. Je le voyais s'approcher de moi et me fixer avec de grands yeux de braise, puis c'était le visage de ton père qui me souriait. Ce masque me perturbe !

– Bon, je vais le décrocher du mur, mais où veux-tu que je le mette ?

– À la poubelle, depuis qu'il est entré dans la maison, tout va de travers. Mes objets s'égarent, je les retrouve à des endroits impossibles et j'ai l'impression de devenir folle.

– C'est bon, calme-toi, je vais l'emporter chez moi et je verrai bien s'il m'arrive la même chose.

– Et s'il ne t'arrive rien ? Que vas-tu en conclure ? Que c'est moi qui divague ?

Charlotte ne répond pas.

– Méfie-toi, ce masque est maléfique, j'ai lu qu'il servait à des cérémonies pas très claires. C'est un vrai masque de cérémonie, pas de ceux que l'on fabrique pour les touristes.

Charlotte, bien que préoccupée par l'état mental de sa mère, ne veut pas insister. Elle hésite un instant avant de décrocher le masque. Celui-ci est en bois sombre, décoré de motifs étranges et inquiétants. Alors qu'elle le tient entre ses mains, elle ressent un frisson parcourir son échine.

– Tu es certaine que tu ne le veux plus ?

– Ce masque porte malheur et j'espère que ta vie ne sera pas chamboulée comme la mienne. Je te conseille de ne pas l'emporter chez toi et de le mettre au feu.

Charlotte, encore réticente, mais déterminée à apaiser sa mère, place le masque dans un sac en toile.

– D'accord, je vais réfléchir. Mais promets-moi de m'appeler si tu te sens mal ou si quelque chose ne va pas.

– Pourquoi t'inquiètes-tu ainsi ? Je vais très bien.

En effet, en ce moment sa mère lui paraît tout à fait sensée et elle se dit « Et si on se trompait sur son état ? »

Sur ces mots, Charlotte embrasse sa mère sur le front et quitte la maison avec le mystérieux masque. Alors qu'elle marche vers sa voiture, elle ne peut s'empêcher de jeter un dernier regard en arrière, observant la maison, en se demandant ce qui l'attend avec cet objet étrange et peut-être maléfique.

Arrivée au moulin, par curiosité, Charlotte cherche des renseignements sur Internet pour percer le mystère de ce masque. Elle n'a pas de peine à en trouver un semblable qui provient d'une tribu Dan vivant en Côte d'Ivoire. Utilisé à diverses fins, le masque est imprégné d'une force vitale qui peut influencer la vie de son possesseur et orienter les rêves.

« Cela me paraît très intéressant, se dit Charlotte. Et si ma mère avait dit vrai ? Et si ce masque était la cause de tous les événements ? Provoquerait-il les hallucinations ? » Elle préfère cette hypothèse plutôt que d'accepter la terrible réalité de la maladie de sa mère.

Elle décide d'accrocher le masque au-dessus de la cheminée. Rassurée plus ou moins sur le sort de Jess, elle se prépare à ouvrir son cabinet cet après-midi.

Pendant ce temps, Jess, restée seule, vaque à ses travaux ménagers. Ensuite, elle se prépare à aller au bureau de Poste pour chercher son courrier. Elle découvre dans la boîte N° 22 une lettre retournée. Son adresse est inscrite au dos de l'enveloppe, mais celle-ci est vide et il n'y a pas le nom du destinataire « Ce n'est pas possible ! Je n'ai jamais fait ça, quelqu'un l'a fait à ma place pour me faire une farce, mais qui ? Et pourquoi ? »

De retour à la maison, Jess remarque une voiture blanche garée devant sa porte. À l'entrée, c'est encore sa fille, visiblement préoccupée :

– Où étais-tu passée ?

– J'étais à la Poste, pourquoi cette question ? Tu me surveilles à présent ? Tu ne devais pas rentrer chez toi ?

– Ne discute pas, rentre et va te reposer.

Jess soupire, agacée :

– Me reposer, c'est tout ce que tu me dis. Je ne fais que ça depuis un moment. J'ai arrêté la gym, je ne vais plus à la chorale. Que veux-tu que je fasse d'autre ? J'ai l'impression, depuis quelque temps d'être prise dans une toile d'araignée. Le docteur vient chez moi, puis des tests de mémoire, tu veux me faire croire que je la perds ? Mais à qui est cette voiture blanche devant la porte ?

Sa fille la regarde avec une expression mêlée de préoccupation et de patience :

– C'est ma nouvelle voiture.

– Elle ressemble à celle qui avait écrasé mon chien en Afrique.

– Non ce n'est pas exactement la même.

– Mais où est mon chien ?

– Dans la maison où tu l'as laissé.

– Il ne manquerait plus qu'il se fasse écraser.

– Mais non, maman, on ne va pas écraser ton chien. Calme-toi.

– Mais je suis calme, proteste Jess, je suis calme. Rentrons.

Charlotte secoue la tête, croyant que sa mère divague. Jess poursuit :

– À ce propos, s'il m'arrivait quelque chose, est-ce que tu t'occuperais du chien ? Je n'aimerais pas le voir confié à la SPA, il serait trop malheureux.

– Bien sûr, je le prendrais, mais pourquoi cette question ?

– Je vois bien que vous parlez dans mon dos avec le médecin, tu as dû lui raconter tout ce qi ne va pas dans la maison, vous me prenez pour une démente.

– Mais ne crois pas ça, nous ne voulons que ton bien.

– Si tu veux me faire plaisir, alors laisse-moi tranquille et ne passe pas à tout moment pour me surveiller. Tu perturbes mon emploi du temps, laisse-moi un peu de répit et occupe-toi de tes patients.

Charlotte, surprise, répond :

– Comme tu voudras.

– Si j'ai besoin de quelque chose, je te ferai signe.

Jess referme la porte avec force.

« La situation empire, » se dit Charlotte, inquiète. En s'en allant. « Que vais-je faire maintenant ? Qui pourrait m'aider ? Demain, je dois prendre des mesures, sinon je crains le pire si elle reste seule à la maison ».

Chapitre 20
La décision

Jess s'est rendu compte de la situation et du changement de comportement de Charlotte. Elle a compris qu'elle représentait un poids pour elle, qu'elle perturbait sa profession en délaissant ses patients pour s'occuper d'elle. En passant chez elle chaque jour à l'improviste, Jess n'a plus un moment d'intimité, elle est dérangée à tout moment dans ses occupations, quand elle regarde une série, quand elle fait ses mots croisés, quand elle lit, quand elle dessine. Elle se sent surveillée et suite à sa perte de liberté, la situation devient intenable. Chaque jour elle regrette profondément sa vie en Afrique où elle n'avait de comptes à rendre à personne, pas même à Fred. Malheureusement, Pascale s'est absentée pour un mois et elle n'a plus personne à qui confier ses mésaventures. Surtout, elle se gardera bien à l'avenir de raconter les petits faits de la journée à sa fille. Les situations inexplicables qu'elle vit se retournent contre elle. Elle ne doit plus rien lui dire et surtout ne pas la contrarier, mais aller dans son sens.

Sachant que sa fille doit venir la voir le samedi vers 11 heures, Jess décide de partir à sa rencontre pour faire un peu d'exercice. Elle passe devant la piscine, la salle des sports, la laiterie et amorce le premier virage de la route qui va vers le moulin. Elle hume l'air frais en marchant d'un pas vif.

Soudain, un crissement de pneus, la voiture blanche stoppe brutalement. Charlotte en descend.

– Mais que fais-tu ici ? dit-elle d'une voix sévère.

La regardant droit dans les yeux, Jess répond :

– Qui êtes-vous ? Pourquoi m'avoir déposée sur le bord de la route ?

– C'est moi, Charlotte ! Où vas-tu, à pied à cette heure ?

Jess, qui semble ne pas la reconnaître, poursuit son chemin sans répondre. Charlotte, affolée, se rend compte de la gravité de la situation. En prenant Jess par le bras, elle tente de la faire monter dans la voiture, mais Jess ne se laisse pas faire. Elle se défend et la frappe à plusieurs reprises en criant :

– Au secours ! Au secours ! On veut m'enlever !

– Ne crains rien, je suis ta fille, dit Charlotte profondément troublée.

Mais Jess se débat.

Charlotte, parvient enfin à la faire monter pour la ramener chez elle. En reprenant le volant, elle interroge :

– Qu'est-ce qui t'a pris de marcher seule sur la route ? Tu savais bien que je me rendais chez toi ?

– Je ne répondrai pas à vos questions, laissez-moi descendre.

Charlotte est catastrophée, la situation semble tragique tandis que Jess s'agite sur le siège, tentant d'ouvrir la portière pour sauter de la voiture en marche. Heureusement, la maison apparaît au bout de la place. Il s'agit maintenant de la faire descendre.

Jess refuse de quitter la voiture, les yeux emplis d'une panique visible. Charlotte soupire profondément, cherchant des mots pour apaiser sa mère.

– Maman, c'est ta maison. Regarde, c'est là que tu vis, c'est ici que tu es en sécurité.

Les paroles de Charlotte semblent glisser sur Jess comme de l'eau sur du verre. Jess scrute les alentours, comme si elle cherchait désespérément un indice, une preuve de la présence de Fred.

– Il n'est pas là, murmure-t-elle finalement, et ses épaules s'affaissant sous le poids de la déception.

Charlotte se doute bien de qui elle parle. Les yeux brillants de larmes non versées, elle ouvre doucement la portière et prend la main de sa mère. Avec beaucoup de douceur et de patience, elle parvient enfin à la convaincre de sortir de la voiture.

– Viens, maman. Entrons à l'intérieur. Tu as besoin de repos.

Jess continue :

– Mais ce n'est pas ma maison ! dit-elle, stupéfaite.

– Si, c'est ta maison, dit Charlotte en la prenant doucement par le bras.

– Je veux rentrer chez moi, à présent lâchez-moi !

– Oui, nous rentrons, attention aux marches, ne trébuche pas.

– De quel droit me tutoyez-vous ? Je ne vous connais pas !

Ensemble, elles traversent la petite cour et montent les quelques marches menant à la porte d'entrée.

« Tiens ! elle n'avait pas fermé la porte en partant, quelle imprudence ! »

À l'intérieur, l'air est frais et familier, empli des senteurs de la maison.

Jess se laisse guider jusqu'au salon où elle s'assoit lourdement dans son fauteuil préféré. Charlotte s'accroupit devant elle, prenant ses mains entre les siennes.

– Voilà, tu me reconnais à présent, je suis ta fille Charlotte.

– Charlotte, dit Jess en la regardant avec des yeux hagards. Charlotte, Charlotte, répète-t-elle sans fin.

– Oui, je suis ta fille.

– Ma fille ? J'ai une fille, moi ?

– Maman, pourquoi penses-tu toujours à lui ?

Jess ne répond pas tandis qu'elle fixe un point invisible devant elle.

– Fred... Il était tout pour moi, chuchote-t-elle. Mais il est parti, et je ne sais pas pourquoi. Je dois le retrouver. Je dois comprendre. Je ne peux pas vivre sans lui.

Charlotte serre un peu plus fort les mains de sa mère. Elle comprend que la perte de Fred est la cause de son immense détresse et qu'elle n'a plus rien pour se raccrocher à la vie.

– Nous trouverons des réponses, maman. Mais pour cela, tu dois rester ici, avec moi. Promets-moi de ne plus partir seule.

Jess hoche lentement la tête, un soupçon de tendresse éclairant brièvement ses yeux. Soudain, elle éclate de rire, d'un rire de dément qui ne laisse plus aucun doute à Charlotte.

Charlotte l'embrasse sur le front e murmurant : « ça va aller, ça va aller », la crise semble passée. Cependant elle est très inquiète. Comment cette perte de mémoire a-t-elle pu se produire ? A-t-elle subi un choc ? A-t-elle revu Fred ? Mais pourquoi son père ne se montre-t-il pas s'il est vraiment de retour ? Est-ce la honte de son inconduite qui le retient alors que Jess aurait besoin de sa présence en ce moment ?

Elle conduit sa mère dans la chambre : celle-ci se laisse faire avec docilité, comme un bébé. Charlotte ne lui quitte que les chaussures ; ce serait trop compliqué de la dévêtir.

– À présent, tu vas te reposer. Tu verras, tout ira mieux.

– Oui, oui, répond Jess en un murmure.

Pendant ce temps, Charlotte appelle le médecin qui répond :

– Oui, effectivement, dit-il l'air embarrassé, il se pourrait qu'elle soit atteinte de la maladie d'Alzheimer, mais ne nous emballons pas. Laissez-la dormir, et au réveil, vous jugerez de son état. Je vous envoie une infirmière pour la garder, ensuite, nous devrons prendre des mesures.

Chapitre 21

Quelques jours plus tard

Les événements se sont précipités. Un certain samedi après-midi, Charlotte se rend à l'EHPAD pour rendre visite à sa mère qui a pu être admise à l'unité Alzheimer sans difficulté. Dès qu'elle franchit les portes du hall, elle est accueillie par des dizaines de résidents, la plupart des femmes, affalées dans des fauteuils roulants. Leurs regards avides se tournent vers elle, leurs yeux s'écarquillant d'espoir à l'idée qu'elle puisse être là pour eux. Leurs cous tendus rappellent des oisillons attendant la becquée, souriant timidement dans l'attente d'un geste amical qui confirmerait leur existence, prouvant qu'ils ne sont pas simplement des corps alignés près des fenêtres pour attraper un peu de soleil.

Charlotte se sent mal à l'aise, impuissante face à leur attente silencieuse. Elle passe à travers les rangées de fauteuils, le dos voûté, évitant soigneusement de croiser leurs regards. Ce n'est pas de l'indifférence, mais plutôt une douleur intérieure provoquée par leur vulnérabilité. Elle voudrait tant leur offrir quelque chose, comme une mère qui arrive les mains vides au matin de Noël. Chacun d'eux représente un fantôme décharné, presque transparent, leurs regards traversés par le sien sans se rencontrer.

Elle se détourne de leur misère, incapable de supporter l'idée de ce qu'elle-même pourrait devenir à leur âge, dépendante d'un fauteuil roulant. Elle ressent leur détresse, mais ne peut la soulager. Les mains ridées se tendent vers elle dans un ultime espoir, cherchant un contact, un sourire, une simple reconnaissance de leur humanité. Mais Charlotte est déjà passée, laissant derrière elle ces âmes en quête d'un peu de chaleur humaine.

Charlotte connaît le chemin menant où sa mère réside et le code pour entrer. Chaque jour après le travail, elle lui rend visite, témoignant de l'inexorable déclin de son état. Dans la salle commune, elle aperçoit sa mère assise, le regard perdu dans le vague, ses yeux gris-bleu presque effacés par la maladie. Il y a eu ce moment de lucidité lorsqu'elle a été emmenée en ambulance, se débattant contre les bras fermes des infirmiers qui ont fait leur devoir sans égard pour ses protestations. Les cris de sa mère résonnent encore dans l'esprit de Charlotte, réveillant une impuissance qui la hante.

– Non, Non, je ne veux pas laisser ma maison ! Où me conduisez-vous ? Vous devez respecter les droits de la personne âgée ! Vous n'avez pas le droit de m'enlever de force.

Elle pleurait, criait, ameutant les voisins impuissants, qui assistaient à la scène déchirante en accusant sa fille d'inhumanité.

En arrivant à la résidence, une piqûre l'avait calmée et depuis son installation dans une chambre individuelle la conscience ne semblait pas être revenue.

Elle ne parlait plus, on lui posait des questions, elle n'y répondait pas. Sa fille venait la voir, pour la faire manger, elle ne la regardait pas. Charlotte souffrait d'autant plus qu'elle soupçonnait que l'indifférence de sa mère était feinte, mais sans pour cela en être certaine.

Comme toutes les personnes déposées par commodité dans un mouroir, Jess ne pardonnait sans doute pas à Charlotte de l'avoir abandonnée. Délaissée par son époux et par sa fille, elle attendait la fin de ses jours. Pour oublier son malheur et sa déchéance physique, elle plongeait dans l'oubli sans rien attendre de la vie. Charlotte avait peine à reconnaître celle qui quelques mois auparavant se montrait si dynamique le visage rayonnant.

Charlotte s'approche d'elle et s'agenouille pour être à sa portée.

– Bonjour, maman, comment vas-tu ?

Jess tourne son regard vide vers elle et pour une fois répond :

– Mais qui êtes-vous ?

– Je suis ta fille.

– Je n'ai plus de fille, j'en avais une autrefois, je n'en ai plus à présent. Si j'avais une fille, elle ne m'aurait pas abandonnée.

Charlotte, dont les yeux se remplissent de larmes, reste muette, que peut-elle répondre à cela ?

Une aide-soignante propose :

– Allez dans sa chambre pour être plus tranquilles.

– Volontiers, répond Charlotte.

Toutes les deux, elles aident Jess à se lever. Elle progresse à petits pas, elle qui marchait d'une vive allure autrefois et qu'on avait toujours de la peine à suivre. « Ce sont sûrement les médicaments qui ont modifié son attitude, pense Charlotte. »

– Maman, je t'assure que je te ferai sortir d'ici dès que j'aurai trouvé une solution.

Jess, répète comme un refrain : « je n'ai plus de fille, je n'ai plus de fille… » Puis elle continue : « j'avais un mari, il est parti, il m'a abandonnée. Pourtant, il rôde sans cesse autour de moi. Je n'ai plus personne à présent, ni de chien. »

De grosses larmes roulent sur ses joues. Elle tend un doigt tremblant vers le lit et semble terrorisée : « oui, il est là sous le lit, il est là, il me fait peur Aaaaaaah ! Il revient dans mes rêves. »

Elle s'agite sur sa chaise au risque de tomber. Charlotte appuie sur le bouton de la sonnette. Aussitôt l'aide-soignante accourt :

– Que se passe-t-il ?

Sachant qu'elle ne pourra plus rien tirer d'elle, Charlotte se prépare à partir, mais elle entend la voix de sa mère qui murmure de façon audible :

– Quand je serai morte, lors de mon enterrement, tu liras le texte que j'ai laissé dans un tiroir de la commode du couloir et pour la musique j'ai choisi la chanson d'Alphaville « Forever young », un morceau d'Angelo Branduardi « Va où le vent te mène » et le générique du film « Le grand chemin », dit-elle comme si elle avait retrouvé un instant sa lucidité.

Charlotte se retourne en disant : « oui, maman, je te le promets. »

À son départ Jess a repris son air naturel, ses lèvres esquissent un sourire tandis qu'elle cherche ses mots croisés dans le tiroir de la table de chevet.

Chapitre 22

Fred s'explique

En sortant de la chambre, Charlotte entrevoit une silhouette furtive qui semble se dissimuler dans le couloir. Elle n'y prête d'abord pas attention, mais une fois à l'extérieur de la résidence, une pensée soudaine l'éclaire : « Mais oui, je l'ai reconnu, c'était mon père. Que fait-il ici alors que je le croyais en Afrique ? Maman n'avait donc pas menti quand elle disait l'avoir aperçu à plusieurs reprises. » Elle retourne sur ses pas, décidée à élucider le mystère.

Fred a vu sortir sa fille ce qui lui donne toute liberté d'agir. Il revient à la porte de la chambre de Jess.

« Va-t-il oser rentrer ? » se demande Charlotte.

Non, il pianote sur la porte, puis s'en va en courant comme un gamin pour ne pas être surpris. À ce moment, il se trouve nez à nez avec sa fille qui s'exclame :

– C'est toi, papa, qu'est-ce que tu fais là ? À quoi joues-tu ?

Pris sur le fait, il montre son embarras. Charlotte en colère poursuit :

– Comment ? Tu es revenu sans m'avertir ? Comment sais-tu que maman est là ?

L'air sévère de sa fille ne lui laisse pas le choix.

– Je vais tout t'expliquer, déclare-t-il, honteux.

– C'est la moindre des choses. Allons nous asseoir à la cafeteria et raconte-moi tout depuis le début.

Fred n'a pas l'intention de se soustraire au récit qu'il doit faire à sa fille.

– Il faut que tu saches que j'ai toujours aimé ta mère, la femme de ma vie. Notre séparation est due à un quiproquo. J'ai rencontré Agnès lors d'une soirée à laquelle nos collègues ivoiriens nous avaient invités. Ta mère était splendide dans son boubou brodé et a ouvert le bal avec le Directeur du collège. Ensuite, les autres danseurs ont envahi la piste et Agnès m'a pris par la main pour m'y entraîner.

« Je ne suis pas doué pour danser », lui ai-je dit pour la dissuader.

« Pas grave, je vais t'apprendre », m'a-t-elle répondu.

Elle a commencé à se mouvoir autour de moi et j'ai tenté de la suivre, me sentant ridicule. La musique semblait interminable. Quand elle s'est finalement arrêtée, Agnès m'a entraîné vers la buvette et m'a rapporté un verre de punch au goût étrange. Puis nous avons continué à danser. Ma tête tournait, je riais sans raison, jusqu'à ce qu'elle m'emmène dans un coin sombre à l'extérieur, derrière le bâtiment, sous un manguier. C'est là qu'elle a défait son pagne et dévoilé son corps qui brillait à la lumière de la lune. J'étais sous l'effet de l'alcool, incapable de résister, je l'ai serrée contre moi, mais il ne s'est rien passé de plus. Quand nous sommes revenus dans la salle, Jess m'a jeté un regard noir, chargé de reproche et de déception. Nous sommes rentrés chez nous sans un mot et, le lendemain, elle fit sa valise en cachette et sollicita un ami pour la conduire à l'aéroport d'Abidjan. C'est en revenant d'une partie de golf que j'ai découvert son absence. En interrogeant le boy, il m'a dit, embarrassé : « Madame est partie ! »

– Partie où ?

– Elle a emporté ses affaires et Monsieur Jérôme l'attendait au-dehors. Elle est montée dans sa voiture et c'est tout ce que je sais.

Ma colère ne connut pas de borne. Elle était partie sans me donner la chance de m'expliquer et je me demandais si elle n'avait pas profité de cet incident sans conséquence pour rentrer en France et mener une vie à sa guise. Je n'avais pas pu me justifier en lui prouvant que rien ne s'était passé de répréhensible. Elle m'avait condamné impitoyablement. Finalement j'en conclus qu'elle avait profité de ce fait pour rentrer seule et se débarrasser de moi.

À ce moment précis, je n'eus en tête que l'intention de me venger et quelques jours plus tard, je prenais l'avion à mon tour. C'était comme si une part de moi refusait d'accepter que tout était terminé entre nous. Mon petit appartement à proximité du bourg est devenu à la fois un refuge et une prison. Chaque jour, je luttais avec le vide laissé par Jess, bien déterminé à lui faire endurer les mêmes souffrances que je ressentais. Ce n'était pas la manière la plus sensée pour lui prouver mon amour, je l'avoue, mais je n'arrivais pas à étouffer la rancœur qui m'envahissait peu à peu. Je n'étais plus le fautif, c'était elle. J'avais renversé la situation.

Chaque jour la proximité me tentait à chercher des signes d'elle, même dans les lieux les plus ordinaires comme le supermarché, où j'avais glissé une bouteille de Whisky dans son caddy. Je la suivais discrètement, pour savoir qui elle fréquentait, si elle m'avait déjà remplacé, désespérément à la recherche d'un regard, d'un sourire, ou peut-être même d'un reproche. Par lâcheté je m'enfuyais à son approche, car à plusieurs reprises je crois bien qu'elle m'avait aperçu. Sachant qu'elle cachait le double de la clé sous un pot de fleurs, il me fut aisé d'en faire reproduire un exemplaire qui me permettait d'aller à ma guise dans la maison. Je me suis souvent caché dans la penderie où j'entendais vos conversations au sujet du masque. Il m'a bien aidé celui-là !

Chaque petit geste de taquinerie était une tentative maladroite de maintenir une connexion, même si c'était à travers des actes déplacés. Je ne trouvais pas la force d'affronter la réalité de notre séparation, ni même de l'aborder directement.

Charlotte l'interrompt.

– C'était toi qui avais caché son album de Tintin, qui avait accroché le miroir à la place du masque, qui déplaçais les objets en mettant les produits d'entretien à la place de l'huile et du vinaigre, qui mettais la boîte de cirage dans ses produits de beauté, qui déplaçais sa voiture ? C'était monstrueux. Pourquoi voulais-tu la tourmenter ? Tu savais bien qu'elle penserait qu'elle devenait folle et son entourage aussi. Tu imagines ce que j'ai enduré ?

– Je sais, je sais, répond-il accablé et il poursuit son récit.

Durant la nuit passée dans la cabane au fond du jardin, je me suis retrouvé face à mes propres démons. Le silence de la nuit amplifiait ma culpabilité, et le matin venu, je me suis enfui avant d'être découvert. Heureusement, Ralph n'avait pas aboyé ! J'étais en fuite, non seulement de Jess, mais aussi de moi-même.

Déplacer sa voiture dans le parking ou poser des objets à des endroits inattendus dans sa maison, allumer les appareils électriques, le gaz, déplacer ses bijoux, son sac, les sabots… tout était un cri silencieux de désespoir. C'était ma façon maladroite de rester présent dans sa vie, même si c'était à travers des moyens destructeurs. Je cherchais désespérément à attirer son attention, à me raccrocher à quelque chose qui n'existait plus.

Maintenant, avec du recul, je vois à quel point mes actions étaient égoïstes, néfastes et déplacées. Je regrette profondément d'avoir ajouté à sa douleur au lieu de faire face à la mienne. Peut-être qu'un jour, je pourrai lui présenter mes excuses sincères, mais pour l'instant, je porte le fardeau de mes erreurs, conscient que je dois me pardonner avant d'espérer qu'elle puisse éventuellement le faire aussi.

– Tu aurais dû aller vers elle, elle n'en serait pas là aujourd'hui. C'est toi le seul coupable de son état actuel. Elle me disait qu'elle avait cru te voir, que tu étais entré dans la maison, pour allumer les lumières et la télé, c'était donc vrai ? Elle ne rêvait pas. Moi aussi je pensais qu'elle avait des hallucinations et j'en avais informé le docteur. D'autre part, pourquoi ne m'as-tu dit que tu étais de retour ? J'aurais tenté un rapprochement, elle t'aurait pardonné, elle ne pensait qu'à toi. Quelle perte de temps !

– J'ai été lâche. C'est moi qui avais réparé son ordinateur pendant qu'elle se rendait au club des séniors.

– Oui, mais tu allumais la télé et toutes les lampes pour lui faire croire qu'elle avait oublié de les éteindre. Mais est-ce que tu te rends compte du mal que tu lui as fait ? Elle pensait être la proie d'esprits qui la tourmentaient. Elle croyait que le masque africain était cause de tous ses maux. Je me suis servie de ces faux arguments, provoqués par ta méchanceté, pour obtenir une place au pavillon Alzheimer. Depuis, se sentant trahie, elle ne veut plus me parler, persuadée que j'ai voulu me débarrasser d'elle. Tes actes ont contribué à la priver de sa maison et de sa liberté alors qu'elle était en possession de toutes ses facultés, c'est monstrueux ! Tu voulais détruire à jamais son esprit ! Pourrais-je pardonner ta cruauté mentale ? J'aurais dû me douter qu'elle n'était pas démente quand elle a passé avec brio les tests de mémoire. Que comptes-tu faire à présent ? Es-tu satisfait ? Ta vengeance est-elle assouvie ?

– Tu ne peux pas savoir à quel point je me sens coupable. Comment faire pour réparer le mal que je lui ai fait ? Penses-tu son état désespéré ?

– Peut-être qu'en te voyant elle subirait un choc positif et qu'elle reprendrait goût à l'existence ?

– On pourrait toujours essayer ? Qu'en dis-tu ? J'ai envie de m'occuper d'elle, je n'ai plus que çà à faire désormais.

– C'est bien la moindre des choses, mais ta présence pourra-t-elle réparer les dégâts ? Si elle s'est doutée de quelque chose, elle doit te détester.

– Alors il vaut mieux qu'elle ne me reconnaisse pas ?

– Oui, c'est préférable. Tu ne vas pas partir sans aller la voir tout de même, si elle est l'amour de ta vie, prouve-le.

Fred baisse la tête et réfléchit.

– Aujourd'hui ou un autre jour, quelle importance, ajoute Charlotte. Je te propose de faire le pas immédiatement.

– C'est d'accord, dit Fred en relevant la tête et en respirant un bon coup, mais tu m'accompagnes.

– Entendu.

Et les voilà à nouveau dans le couloir devant la porte de la chambre de Jess.

– Allez, rentre le premier, on verra si elle te reconnaît.

Jess qui a perçu des murmures derrière sa porte, a remis précipitamment ses mots croisés dans le tiroir de la table de chevet et reste immobile, assise en un fauteuil devant la fenêtre qui donne sur le portail de l'entrée de la Résidence

La porte s'ouvre ;

– Maman j'ai un visiteur pour toi.

Charlotte se demande si sa mère l'a entendue. Comment va-t-elle accueillir Fred ? Va-t-elle le reconnaître alors que depuis quelques jours elle ne reconnaît plus sa fille. Quel sera le résultat de cette visite. Elle redoute le pire.

– Ah ! Bon, dit Jess d'une voix sévère.

Fred et Charlotte se regardent étonnés. La voix poursuit :

– Il n'est pas capable de venir lui-même, il a besoin d'un chaperon ?

Sans même se retourner, elle poursuit :

– Tu en as mis du temps pour venir me voir ! Tu attendais que je sois morte pour fleurir ma tombe ! Approche ! Charlotte a dû te dire que je n'en avais plus pour longtemps et que j'avais choisi les morceaux de musique pour la messe d'enterrement.

Fred regarde Charlotte, indécis. Il murmure :

– Tu m'avais dit qu'elle ne parlait plus et qu'elle avait perdu la mémoire, qu'est-ce que ça signifie ? Tu m'as tendu un piège ?

– Pas du tout, je suis aussi étonnée que toi, depuis des jours, elle ne me reconnaît plus, c'est incroyable ! Aurait-elle des plages de lucidité ?

– Es-tu sûre qu'elle ne simule pas.

– La connaissant, elle en est bien capable.

Jess continue :

– Que complotez-vous tous les deux ? Fred auras-tu le courage de t'approcher et de me regarder en face, je ne te mangerai pas !

C'est la stupéfaction chez Charlotte et Fred. Comment a-t-elle su que c'était lui le visiteur ? « Ah ! Pense Charlotte, elle surveille les entrées dans la cour ! Aurait-elle toute sa tête ? »

Jess continue :

– Tu peux être fier de tes manigances qui m'ont amenée ici. Tu voulais me faire prendre pour une aliénée mentale en venant chez moi déranger mes affaires, mais figure-toi que tu m'as sous-estimée. En effet j'avais fait installer des caméras de surveillance dans le jardin et dans toutes les pièces, car je me doutais bien de ton stratagème. Charlotte n'a pas voulu me croire, elle avait davantage foi en le médecin et en ses tests. Alors j'ai voulu lui donner raison et simuler l'amnésie pour venir ici où je t'attendais. Je me doutais bien que tu viendrais, sûr que je ne te reconnaîtrai pas, ça t'arrangeait. Alors qu'attends-tu pour approcher ?

Fred hésitant, brave sa honte et s'avance vers le fauteuil, et lorsqu'il se trouve à un seul pas de Jess, elle se retourne. Charlotte, bouleversée, les jambes tremblantes d'émotion et de surprise, assiste à la métamorphose du visage de sa mère. Ses joues pâlies ont subitement repris des couleurs. Ses yeux scintillent comme des étoiles dans l'immensité du ciel. On dirait qu'elle a rajeuni. Un miracle vient de se produire !

Contrairement au geste de répulsion qu'il pressentait, et la tête baissée, empreint d'une grande humilité, Fred attend. Jess métamorphosée, comme revenue à la vie sous l'effet d'un coup de baguette magique, se lève de son fauteuil comme un ressort et lui ouvre les bras en disant « Enfin ! Te voilà ! Grand imbécile ! »

Fred l'entoure de ses bras et la serre contre son cœur, trop ému pour parler. Jess prend la parole la première :

– Comme tu m'as manqué ! Pourquoi es-tu resté si longtemps sans venir me voir ? Tu aurais évité bien des tracas à ta fille. Tu te rends compte de ce qu'elle a enduré en me voyant dépérir, sans compter les formalités qu'elle a dû accomplir pour que je sois acceptée ici ?

– Oui mon amour, comme tu m'as manqué.

– Bon, tirons un trait sur le passé et ne pensons qu'à l'avenir. Il faut me faire sortir d'ici le plus vite possible.

Fred, la voix prise par les larmes, poursuit :

– Oui mon amour je ne te quitterai plus jamais et nous allons rentrer à la maison. Nous avons encore de belles années devant nous et sommes à la retraite !

Jess radieuse, le sourire aux lèvres, transfigurée, en un instant, lance malicieusement en regardant sa fille :

– Ne t'inquiète plus pour moi, j'ai toute ma raison. Cette petite comédie aura eu l'heur de nous faire retrouver Fred et moi. À présent, va faire les formalités pour que je puisse retourner chez moi et désormais tu devras me croire sur parole quand des phénomènes étranges perturberont mon quotidien.

– Il ne se passera plus rien, à présent, crois-moi, mon amour, je veillerai sur toi.

Charlotte, surprise par la déclaration de sa mère, mais soulagée, referme la porte de la chambre en se disant :

« Quelle comédienne ! Elle était prête à tout pour parvenir à ses fins et elle a réussi ! C'est incroyable ! Et je ne me suis aperçue de rien ! Elle a même dupé le personnel de santé ! C'est trop fort !

Elle se dirige vers le bureau de la Direction le cœur léger pour s'expliquer en gardant la belle image de ses parents réconciliés dans les bras l'un de l'autre. Mais comment ce dénouement sera-t-il perçu ?

Table des chapitres

Chapitre 1 - Retour au pays..............................7
Chapitre 2 - Quelque temps plus tard………… 23
Chapitre 3 - Le masque…………………….. 29
Chapitre 4 - L'album de Tintin a disparu……... 35
Chapitre 5 - L'oiseau mort…………………… 45
Chapitre 6 - Les sabots ont bougé……………. 49
Chapitre 7 - Le piano…………………......... 59
Chapitre 8 - Une lumière dans la nuit………... 69
Chapitre 9 - La cabane du jardin……………… 75
Chapitre 10 - Les pannes diverses……………. 81
Chapitre 11 - Les courses………………….. 91
Chapitre 12 - Et ça continue………………….. 99
Chapitre 13 - Dans la forêt…........................111
Chapitre 14 - L'hypnotiseur……………….119
Chapitre 15 - La chorale………………......123
Chapitre 16 - L'invitation……………...…131
Chapitre 17 - Chez le docteur……………...139
Chapitre 18 - Aggravation de la situation…...…147
Chapitre 19 - Chez le gérontologue…………...155
Chapitre 20 - La décision………….......…163
Chapitre 21 - Quelques jours plus tard……….169
Chapitre 22 - Fred s'explique……………….175

Productions de Pierrette Champon - Chirac
Chez Brumerge :

− Le Village fantôme (poésie)
− Le Rapporté
− La Porte mystérieuse
− En avant pour l'aventure
− Du paradis en enfer
− En avalant des kilomètres
− Délire tropical
− De Croxibi à la terre
− Des vies parallèles (propos recueillis)
− Profondes racines
− Cœurs retrouvés
− Apporte-moi des fleurs
− Le Manteau Fatal
− La vengeance du crocodile
− Vers un nouveau Destin
− La Canterelle
− Un certain ballon
− Le pique-nique
− Lettres à ma prof de français
− Une semaine éprouvante
− Revirement
− Rester ou partir ?
− Panique en forêt
− Reste chez nous
− Pour ne pas oublier
− Dans les pas du mensonge
− La poésie du quotidien
− Le trou n°5
− Étonnantes retrouvailles

– La rançon de la bonté
– Immersion en milieu rural
– Que la fête soit « bêle »
– Un étrange bouquet de roses
– Un séjour à la campagne
– Début de carrière mouvementé
– L'oncle surprise de Fanny
– Le secret du puits
– Les avatars d'une rencontre
– La surprise du premier emploi
– Rencontres tragiques
– Une vengeance bien orchestrée

Chez Books on Demand :

– Tragédie au moulin
– Pour quelques euros de plus
– Étrange découverte en forêt
– Les imprévus d'Halloween
– Fatale méprise
– Piégé par un roman
– La surprise du carreleur
– Dans les méandres de la nuit
– Un scénario bien orchestré
– Un nuage est passé

Albums photo aux Éditions le Luy de France

– Il était une fois Réquista (2012)

– Mémoire du Réquistanais Tome 1 et 2

– Réquista, retour vers le passé